Jana R.M.

PERDONO E PER DONO........

Youcanprint *Self-Publishing*

Titolo | Perdono e per dono......
Autore | Jana R.M.

ISBN | 978-88-93062-90-9

Youcanprint Self-Publishing
Via Roma, 73 – 73039 Tricase (LE) – Italy
www.youcanprint.it
info@youcanprint.it
Facebook: facebook.com/youcanprint.it
Twitter: twitter.com/youcanprintit

INDICE

A Josè
con infinito amore

Premessa

Caro lettore, da questo libro non ti aspettare un best seller; troverai sicuramente degli errori grammaticali ed una esposizione del testo non corretta; non sono una scrittrice e non è mia intenzione diventarlo.

Sono una donna comune, nemmeno tanto istruita.

Ma ad un certo punto della mia vita, ho sentito la necessità di scrivere questa autobiografia, per testimoniare l'esistenza di qualcosa di immenso, che sta sopra di noi.

Qualunque sia il tuo credo, spero che questa lettura ti porti a una riflessione e magari a una conversione, come è capitato a me.

Se tu non sei credente, come non lo ero io, all'inizio di questa storia, tutto ciò che leggerai ti parrà assurdo, difficile a credersi e io lo comprendo.

Sono cresciuta in una famiglia comunista; mio padre non mi ha mai permesso di frequentare oratori, in chiesa si entrava solo per i matrimoni e non ti dico cosa pensasse dei preti......

Venuta su con questi esempi e senza la possibilità di un confronto, nel corso degli anni mi son fatta l'idea, che la religione fosse l'ignoranza di un popolo; che non esistesse nulla al di là delle cose terrene e che la chiesa fosse un istituzione fatta di persone, che tenevano in pugno una parte di popolo, usando antichi scritti chissà fino a che punto veritieri, al fine di arricchirsi di denari e privilegi.

A fianco ad alcune frasi o parole troverai dei numeri in crescendo, tra parentesi; questo per evidenziare dei fatti, sensazioni o strane casualità, che messe insieme, sono parte della testimonianza di cui ti parlavo.

CHI SONO.........

Introduzione

Un piccolo riepilogo della mia vita, prima di quel 5 gennaio 2010, giorno in cui tutto si è messo in discussione.

Mi chiamo Jana e ora ho 45 anni; i nomi sono di fantasia, questo, per mantenere un minimo di privacy.

Mi sono fidanzata all'età di 15 anni con Adam; è stato amore da subito.

In lui, ho trovato tutto quello che a me mancava; sicurezza, carattere e carisma; mi sono innamorata del suo senso civico e morale, dei suoi ideali e dei suoi valori....., insomma, tutto quello che è difficile trovare in una persona....., ancor più se così giovane.

Ricordo che la prima impressione che ha fatto ai miei parenti, quando l'ho presentato loro, è stata quella di sembrare troppo vecchio per la sua età e di non essere adatto a me.

In baffo alle opinioni degli altri, l'ho sposato a 21 anni.

E' iniziata una vita normale, tra alti e bassi, come molte coppie, tanto lavoro e sacrifici, ma orgogliosi di non aver mai chiesto nulla, o quasi, ai nostri genitori per poter superare i momenti più critici, quel poco che abbiamo fatto, è tutto merito dei nostri sudori.

Unico neo, e non di poco conto, l'aver scoperto, dopo qualche anno di matrimonio, di non poter avere figli, o meglio, anche con l'aiuto dell'inseminazione assistita, le speranze erano al lumicino, ci era stato dato un 2% di probabilità di riuscita con il rischio di una gravidanza difficile.

A quel tempo ci eravamo indebitati sino al collo per un immobile che ci avrebbe consentito di iniziare l'attività dei nostri sogni: non potevamo assolutamente permetterci la mia assenza dal lavoro, per i nove mesi di una eventuale gravidanza.

Presi completamente dall'avviamento di questa nostra nuova e futura professione, tutte le nostre energie, i nostri risparmi ed il nostro tempo libero, erano dedicati alla ristrutturazione del locale appena comprato.

Quindi decidemmo di accantonare la cosa e di non parlarne più, come se questo silenzio, lenisse il dolore, di non poter diventare genitori.

Tuttavia io, per parecchi anni, ho pianto di nascosto ogni mese all'arrivo del mestruo e sicuramente anche Adam, avrà sofferto, ma senza mai farmelo capire.

Son passati così vent'anni di vita matrimoniale, sempre innamorata di mio marito e con un'attività ben avviata.

Posso dire una vita felice, ma con un enorme vuoto nel cuore.

CAPITOLO 1°

05/01/2010. Il giorno più brutto che io abbia mai vissuto.

La prima parte della mia vita finisce, da qui in avanti ne inizierà una nuova.

Non starò a raccontare ciò che è accaduto perchè personale e comunque non necessario al fine del libro, dirò solo che mi è caduto un enorme masso tra capo e collo e che, da quel momento, mi sono sentita letteralmente morire dentro.

Tutte le mie certezze e ciò che negli anni avevo costruito, era crollato.

La fiducia in me stessa e nel mio prossimo era svanita, come era svanito tutto il resto.

Una tremenda fitta al cuore e allo stomaco mi fecero correre in bagno, mi accovacciai sul wc e diedi di stomaco; tra il pianto a dirotto, per la prima volta in vita mia, implorai Dio...." Mio Dio aiutami, ...aiutami ti prego mio Dio ".

Ripetei quella frase non so nemmeno io quante volte, piangendo a più non posso.

Dopo una decina di minuti, mi alzai, presi l'auto e mi misi in strada, era già buio e in giro non c'era praticamente anima viva.

Le lacrime mi annebbiavano la vista, la testa mi scoppiava; tra i singhiozzi, piangendo a più non posso, continuavo disperatamente a gridare " Perchè....perchè Dio mio.!!.".

Non mi rendevo conto che la macchina stava prendendo velocità, ma, per mia fortuna, poco prima di entrare in una rotonda, qualcosa fece in modo che il mio piede si posasse sul freno: l'auto inchiodò, poco prima di andare a sbattere sui cordoli della rotonda.

" Mio Dio aiutami......." ....ma forse lo aveva già fatto.

Come avessi fatto a tenere l'auto in strada, essendo un'autista un po' imbranata non so spiegarmelo, sta di fatto, che ora la macchina era a motore spento perfettamente accostata al bordo della careggiata.

Appoggiai la testa al volante, tremante come una foglia al vento, quello che mi spaventava, non era il pensiero che avrei potuto ammazzarmi, nello stato in cui mi sentivo la mia vita valeva meno di zero, ma era che non vedessi via di uscita......

Scoppiai nuovamente a piangere tutte le lacrime che avevo in corpo; in quell'ultima mezz'ora ne avevo versate più che in tutto il resto della mia vita.

Mi domandavo perchè avessi invocato ripetutamente Dio, io, che ero praticamente atea........ " Mio Dio, mio Dio " forse questa invocazione veniva ereditata geneticamente o si memorizzava sin da piccoli, sentendola sovente da varie persone e in parecchie situazioni.

Era come un S.O.S usato in quelle emergenze dove non si vedeva altra via di uscita; persino la persona meno credente, almeno una volta nella sua vita, l'aveva chiamato o imprecato......

" Se veramente esisti, perchè non hai lasciato che io andassi a sbattere da qualche parte con l'auto....., o meglio ancora......, perchè hai permesso, che tutto questo accadesse....." pensai continuando a singhiozzare.

Passarono un paio di mesi ma il dolore e l'apatia non cessavano, allora decisi di rivolgermi a una psicologa, mio marito mi stava vicino, impotente davanti alla mia continua e distruttiva tristezza, ma era chiaro che soffriva anche lui.

Un giorno, chiaccherando con una mia amica ostetrica, venne fuori il discorso sull'inseminazione assistita; lei conosceva bene il motivo per cui avevamo accantonato il discorso anni prima, ma, con un gran sorriso, tra l'ironico e il materno, mi disse: " Tu lo sai che per la legge, hai ancora 2 anni di tempo per poterci provare a carico dello stato? ..... Dopo i 42 anni, dovresti fare tutto a pagamento....".

Quando fummo soli, Adam mi disse: " Forse è quello di cui abbiamo bisogno..., la maggior parte dei debiti li abbiamo pagati, l'attività è avviata....e quindi, anche se tu dovessi stare a riposo, questo non sarebbe più un problema.... Perchè amore mio non ci proviamo....? ".

" Si lo so...., ma le speranze che ci hanno dato sono praticamente un nulla...." gli risposi; " Ok....", continuò lui, " Noi dovremo affrontare questo percorso senza tante aspettative, serenamente, e poi........ in questi anni Grazia ha detto che la manualità dei biologi, che sono quelli che fanno la parte più delicata del lavoro, è migliorata...... quindi la percentuale di riuscita si è leggermente alzata, rispetto ad una decina di anni fa.....: spetta a te la decisione finale, perchè sei tu quella che dovrà affrontare la parte più dolorosa....... io ti sarò vicino...., che ne dici? ".

Forse aveva ragione, il cercare una gravidanza mi avrebbe dato delle motivazioni per poter superare questo bruttissimo periodo, cosa attualmente, per me insormontabile, perchè, qualunque tentativo io facessi, psicologa compresa, era vano: i miei pensieri, battevano sempre lì, a prescindere.

Ci pensai qualche giorno, i dubbi erano tanti.

Per quanto, in questi anni, le tecniche di fecondazione avessero fatto passi da gigante, le probabilità di riuscita erano davvero poche, per non parlare poi, della nostra età, che avrebbe creato un distacco generazionale non da poco, nel caso fosse arrivato un bimbo, infine, a livello psicologico, avrei retto ad un fallimento? O avrei aggiunto un'altra dolorosa delusione a tutto il resto......

Questi erano tutti i contro, ma come pro....c'era finalmente un bambino.....tra le mie braccia!

Questa tenera immagine, metteva in ombra tutti quelli che potevano essere i miei dubbi.

Decisi di prendere appuntamento per una visita nell'ospedale dove lavorava Grazia, che, tra l'altro, è anche un centro tra i più conosciuti e rinomati per le fecondazioni in vitro.

Quella mattina, Grazia, ci accompagnò dalla dottoressa, con cui avevamo appuntamento, che lei conosceva bene; una volta presentati, il medico si mise a guardare tutti gli esami, precedentemente fatti, e, dopo averci fatto alcune domande, ci espose tutto quello che sarebbe stato il percorso clinico, poi, si rivolse a me, in particolare e disse: " Lei lo sa, che praticamente, non ci sono speranze? Perchè vuole sottoporsi a tutto questo? " Sbigottiti, io e Adam ci guardammo, anche Grazia era rimasta stupita dall'esternazione della dottoressa.

L'espressione e i toni di quel medico, erano quelli di una persona cinica, che nella sua vita ha perso l'entusiasmo e l'azzardo, e che ora, vuole andare solo a colpo sicuro; noi, sicuramente per i nostri problemi e la nostra età, non rientravamo in quel gruppo di pazienti, che le avrebbero procurato, una quasi certa, soddisfazione professionale.

Dopo aver cercato di pacare quel tremolio muscolare che conoscevo bene, e che arrivava ogni volta che fossi agitata o provassi dolore, risposi " Lo so che le speranze di riuscita sono davvero poche, ma non voglio arrivare, un domani, con dei sensi di colpa, per non averci almeno provato........, accetteremo. serenamente qualunque cosa accadrà, ma almeno.....non avremo lasciato nulla di intentato."

Non mi era piaciuto il comportamento di quel medico, perchè penso che sia giusto, non dare false speranze, ok..., ma è anche vero che questa branca della medicina è ancora in evoluzione, e che, i medici, dovrebbero crederci per primi, senza soffermarsi troppo su statistiche e dati; anche la pische influenza l'esito finale, e quindi, la paziente va soprattutto incitata positivamente.

Uscimmo dallo studio con una serie di esami da fare, ma stranamente speranzosi e sereni.

La prima tappa fu di inserirci in lista d'attesa; era davvero lunga, circa 8 mesi prima di essere chiamati, di quando in quando, telefonavo al numero verde che mi era stato dato, per sapere se qualcuno avesse disdetto, cosicchè i tempi si sarebbero un po' accorciati.

Fu un periodo di fremente attesa e quando gli spettri, così chiamavo i pensieri negativi che mi riportavano a quel 5 gennaio, tornavano nella

mia mente, tormentandomi, cercavo di spostare tutta la mia attenzione, a quello che sarebbe accaduto, dopo quell'attesissima telefonata.
Nel frattempo, interruppi le sedute dalla psicologa; per poter uscire da quel buco nero, in cui ero precipitata........avevo scelto un'altra strada.

ALLA RICERCA DI UNA NUOVA VITA

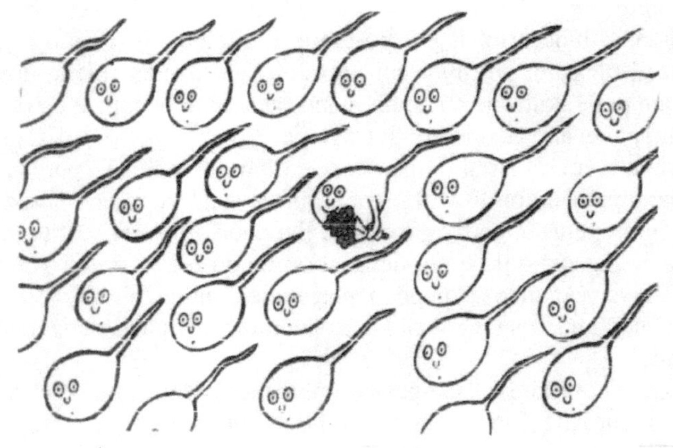

ALLA RICERCA DI UNA NUOVA VITA

CAPITOLO 2°

Agli inizi di dicembre, finalmente vengo contattata dall'ospedale; da quel momento inizia una serie di cure estenuanti: punture ad orari stabiliti, sia di giorno che di notte, monitoraggi ogni due giorni, per controllare la crescita follicolare.

Finalmente il 16 dicembre, mi presento in ospedale, a digiuno, con tanto di pigiama e pantofole, per, come si dice in gergo tecnico, un pick up ecoguidato, vale a dire il prelievo degli ovociti, in cui, sarebbe stato inserito lo spermatozoo, che avrebbe dato inizio alla fecondazione: Questa è la fase più critica, perchè la delicata manualità del biologo, nel perforare l'ovocita, per inseminarlo, fa sì, che questi non si danneggi e a fronte di questo delicato passaggio, è anche importante prelevare quanti più ovociti possibili, perchè più uova si riescono a inseminare, più è alta la probabilità di rimanere gravida.

A me ne avevano prelevati sei e ricordo ancora oggi il fortissimo dolore, nonostante una lieve anestesia locale.

Me li ero sentiti letteralmente strappare, un dolore lancinante ai reni e quel tremore muscolare di cui soffro, mi impedivano di restare immobile, cosa di cui si era raccomandata la dottoressa, prima di eseguire l'intervento.

Cercando di bloccarmi il più possibile il bacino, riuscirono a portare a termine il pick up, poi mi fecero accomodare in una saletta dove erano sistemate delle poltrone che man mano, venivano occupate da donne, che come me, avevano terminato l'intervento.

Mi venne somministrata una flebo di antidolorifico, perchè il solo antinfiammatorio non fù sufficiente; mi era stato detto che provare, più o meno dolore, era soggettivo, e che da lì a poco, mi sarei sentita meglio.

La mia soglia del dolore era nella norma, non era la prima volta che mi sottoponevo a qualcosa di poco piacevole e non volevo assolutamente passare per una piagnucolona, ma sicuramente quel prelievo era stato tremendo.

Ritornata a casa, presi l'analgesico prescrittomi e mi misi a letto, i dolori continuavano, ma finalmente, si calmarono nella notte.

Due giorni dopo, mi presentai per il transfer, vale a dire, il trasferimento in utero di quelle uova, precedentemente inseminate, che in quelle quarantotto ore, avevano continuato a crescere, moltiplicandosi sempre di più a livello di cellule e, trasformandosi così, in embrioni.

Quella mattina, mi furono introdotti due embrioni, gli unici andati a buon fine, e mi fu detto di stare a riposo per un paio di giorni.

Ricordo che, quando scesi dal lettino, dopo che mi venne praticato il transfer, mi incamminai per il corridoio a piccoli passi, con le gambe strette strette e un'infermiera, ridendo, ...mi disse: " Guardi che non li perde, e se vuole può anche fare pipì......." "Pipì? Ma non se ne parla neppure! ".......pensai io.

Per sapere l'esito, ci dissero di fare un prelievo del sangue, 15 giorni dopo, nell'ospedale vicino a casa nostra, dato che loro avrebbero chiuso per le festività natalizie, e di comunicarlo poi, quando avrebbero riaperto.

In quelle due settimane di preparazione medica, nonostante le fastidiose cure e l'andirivieni tra ospedale e casa, il mio umore stava migliorando e mi stavo scrollando di dosso quell'apatia che, oramai, sembrava avere preso il sopravvento nella mia vita.

L'eccitazione nel preparare il mio corpo a produrre, ed in seguito, ad accogliere, quegli ovetti che avrebbero potuto trasformarsi in bimbi, era irrefrenabile e, dopo il transfer, nei quindici giorni di attesa per l'esito, mi muovevo e mi atteggiavo con un amore e una delicatezza tali, come se avessi gia la convinzione di portare in grembo una vita.

Mi sentivo gia chioccia e la mia fantasia aveva preso a galoppare....

Ricordo benissimo quanta trepidazione avessimo entrambi, il 30 dicembre, quando ci recammo in ospedale per il prelievo; eravamo euforici, e, le tre ore che ci vollero per sapere il risultato, furono interminabili; nell'attesa, decidemmo di andare nel centro commerciale lì vicino, a fare un po' di spesa, e a mangiare un panino.

Nella mia testa, i pensieri positivi si accavallavano a quelli negativi, un fiume di emozioni mi pervadeva, era da un bel po' di tempo che non mi sentivo così viva.

Gli occhi erano puntati sempre sull'orologio, e quando fu il momento, ci presentammo in ospedale per ritirare il referto.

Provammo a capirci qualcosa, leggendo quei fogli, ma per noi, che in quel momento eravamo così agitati, furono incomprensibili, quindi fermammo un medico che passava di lì, e gli chiedemmo se gentilmente, potesse spiegarci.

Era come se dessimo per scontato il buon esito, era andato tutto bene fino a lì, e quando il medico, ci disse che il test di gravidanza era negativo, ci volle un attimo per realizzare.

Adam fu quello che ne risentì di più, io forse, perchè fisicamente non avevo notato cambiamenti, inconsciamente me lo aspettavo, così ci avviammo tristemente verso casa e decidemmo di spegnere i telefonini e di andare a dormire, non ce la sentivamo, in quel momento, di dare spiegazioni, la botta era stata dura.

La fantasia aveva superato le aspettative e quell'esito, ci aveva bruscamente riportato a guardare in faccia la realtà: il troppo ottimismo, ci aveva fatto perdere di vista quel 2% di probabiltà, che ci avevano dato. Decidemmo di riprovarci ma affrontando la cosa diversamente, dovevamo essere positivi, ciò nonostante, non dovevamo attenderci nulla.

Finite le feste di Natale telefonai al centro, per comunicare loro l'esito e per fissare un nuovo pick up, ma trasalii quando mi venne detto che dovevo rimettermi in lista d'attesa.

Ma come era possibile.?!.?!. Pensavo che una volta iniziato il percorso, si potesse finire il ciclo dei 3 tentativi consentiti.

Questo voleva dire altri otto mesi d'attesa? E se poi non funzionava, altri otto?

Avevo letto qualcosa riguardo al fatto, che, se i tentativi erano ravvicinati, potevano aumentare le probabilità di riuscita, date dal fatto che, l'organismo, memore del transfer precedente, era più preparato e predisposto a ricevere un corpo estraneo: quindi, questo tempo così distanziato, tra un intervento e l'altro, non era certo d'aiuto.......

Telefonai, contrariata, per rimettermi in lista.

Qualche giorno dopo, venni a conoscenza, che in città c'era un centro privato, ma convenzionato con l'asl, dove la lista d'attesa era meno lunga, perchè meno conosciuto dai più.

Telefonai a Grazia per sapere se ne fosse a conoscenza, lei mi rispose che si sarebbe informata, e mi avrebbe richiamato.

Qualche giorno dopo ci sentimmo telefonicamente.

Mi disse che era un ottimo centro, perchè le era stato riferito che lo staff di ginecologi che ne facevano parte, era molto valido, e che i biologi, arrivavano tutti dall'ospedale in cui avevo fatto l'inseminazione, quindi anche loro, con tanto di esperienza..

Presi quindi appuntamento, e a metà marzo ci presentammo per il colloquio.

Il primo impatto fu subito positivo, era decisamente più in piccolo rispetto all'ospedale, ma più accogliente e, il personale, più amichevole, il tutto sembrava meno asettico e freddo.

Le pareti della sala d'attesa erano piene di foto di bimbi, nati grazie al loro aiuto medico, con tanto di dediche scritte da quei neogenitori che, finalmente, avevano coronato il loro sogno più ambito.

Nell'attesa del mio turno, osservai una ad una, quelle fotografie........, che tenerezza nel leggere quelle frasi di ringraziamento; in ognuna di esse, c'era tutta la stima e la gratitudine, da parte di quei neogenitori, per quei medici, che avevano potuto creare quell'immenso miracolo, quale è la nascita di un bambino.

Non avevo la minima idea, prima di affrontare questa avventura, di quanto fosse alto, il numero di coppie, con problemi di sterilità.

Ogni persona seduta su quei divanetti, aveva dipinto in volto, chi più chi meno, il sogno e la speranza che in quel luogo, avrebbe trovato la soluzione ai propri problemi.

Taluni, mascheravano l'ansia con falsa indifferenza, guardando dei video musicali, trasmessi da una tv appesa nella sala, o leggendo un giornale, nell'attesa di essere chiamati, altri, devo dire la maggioranza, stringevano la mano del proprio partner, in cerca di conforto o di sostegno, oppure, osservavano i volti di quei meravigliosi bambini, che facevano da tappezzeria alla stanza.

In alcuni, soprattutto uomini, si notava chiaramente un certo disagio; sapevano benissimo, che in quella sala d'attesa, tutti sapevano di tutti, perchè il motivo che ci accomunava, era di non riuscire ad avere figli.

Eravamo tutti nella stessa barca.

In alcune di quelle persone, per fortuna una minoranza, l'imbarazzo e il disagio, forse erano il frutto di una mentalità un po' all'antica, per loro era difficile accettere il fatto di aver bisogno di un intervento esterno, per poter procreare, insomma, di dover mettere in piazza la propria sterilità.

La cosa mi lasciava un po' perplessa; nonostante l'età media non fosse alta (noi eravamo tra i più anziani), avevo sentito di alcune coppie, che dopo aver avuto un figlio, si erano guardate bene dal dire, che ciò, era avvenuto tramite inseminazione, la mia opinione, era che di giovane, quelli, avessero solo l'età anagrafica, perchè non c'era assolutamente nulla di cui vergognarsi......

Ho letto che più del 70% delle coppie, deve ricorrere all'inseminazione per poter mettere su famiglia.....

Qualcuno dà la colpa allo stress della vita frenetica odierna, all'alimentazione troppo raffinata o contaminata, allo smog e ad altri fattori minori....

Io, nella mia ignoranza, penso che, a parte queste cause, che ci possono anche stare, ci sia la volontà di un gruppo di personaggi, potenti ed influenti che, visto il sovrappopolamento globale, cercano in qualche modo di avere un controllo sulle nascite, mettendo chissà quale merda, in vaccini o simili....., così da arrivare, ad una generazione futura di sterili: vuoi un figlio? .....Paga!

Questa è solo una mia opinione, magari un po' fantastica, ma forse......nemmeno tanto.

Ora non divaghiamo e torniamo alla storia........

Il ginecologo che mi visitò, era di una dolcezza e di un tatto incredibili, niente a che fare con la strega dell'altro centro; prese ad esaminare la cartella clinica che avevo portato con me, e notò una irregolarità di un valore della tiroide.

Mi fissò un appuntamento con un endocrinologo del centro il quale a sua volta, confermato il problema, mi diede una cura.

Rifatti tutti gli esami del sangue e le varie ecografie, iniziò l'estenuante cura ormonale: la terapia era più o meno simile a quella a cui mi ero precedentemente sottoposta, punture a tutte le ore ed ecografie ogni 2 giorni; finalmente, il 29 aprile, mi vennero prelevati otto ovociti.

La prassi medica, per fortuna, prevedeva che la paziente fosse sottoposta a narcosi, questo, come mi era stato detto, per evitare inutili sofferenze e rischi, dovuti alla non completa immobilità della paziente.

Anche il day hospital, fu diverso, anzichè le poltrone in una unica stanza, dove un po' di privacy, non avrebbe guastato, si veniva trasferite in barella, ancora incoscienti, in una accogliente camera a due letti, fino al momento del rilascio.

Anche in questo caso, al risveglio dall'anestesia, sentii dolore, ma era decisamente inferiore alla volta precedente, forse perchè l'intervento era avvenuto in maniera più rilassata e meno traumatica.

Il 2 maggio 2011 mi vennero trasferiti 3 embrioni e, anche se l'attesa di quei 15 giorni, per il test di gravidanza, fu lunga, ci sforzammo di non pensarci troppo, e di rimanere il più possibile realistici.

Purtroppo, anche questa inseminazione, fu un fiasco, e, nonostante tutti i buoni propositi, non la presi tanto bene.

Il medico, constatando che tutta la preparazione era andata nel migliore dei modi, volle approfondire il discorso e per scrupolo, mi fece fare una isteroscopia.

Anche qui, era tutto nella norma e, ricordo che il dottore che mi fece questo esame, mi disse che avrebbe preferito trovare un anomalia, almeno si sarebbe scoperta la causa di questa infertilità.

Decidemmo, comunque, di fare il terzo tentativo, come ci eravamo prefissati, per poi metterci l'anima in pace, nel caso fosse andato male.

Purtroppo subentrò una infezione che impediva di iniziare il tutto, fino a che non si fosse risolta; iniziò così, una serie di cure antibiotiche, che però non diedero effetti positivi.

Verso fine maggio, iniziarono le prime strane coincidenze; **(1)** passai un giorno davanti ad una edicola e la mia attenzione venne catturata da un libro di Brosio che parlava di Medugorje, sapevo che si trattava di qualcosa di religioso, ma nulla di più.

Qualche giorno dopo, accendendo il televisore, vidi che stavano trasmettendo uno speciale sulle veggenti di quel luogo: era la prima volta, che vedevo un programma del genere in tv.

La settimana seguente, stavo camminando per strada, e notai per terra un opuscolo, indovinate? Viaggi organizzati per Medugorje!

Quella sera stessa, dopo cena, tirai fuori dalla borsetta quel volantino, lo posai sul tavolo davanti a mio marito, e, tutto di un fiato, dissi: "Voglio andarci ".

Conoscendolo bene, ero convinta, che una volta preso atto di che cosa trattasse, avrebbe cercato di dissuadermi, o, per lo meno, mi avrebbe chiesto spiegazioni, invece, con mio grande stupore, mi rispose: " Ok, prenota, ma andiamo ad agosto, quando l'attività sarà chiusa per ferie ".

Non riuscivo a crederci, non aveva minimamente obiettato, ma semplicemente mi aveva chiesto, in seguito, il perchè di questo mio desiderio.

Non sapendolo bene neppure io, gli avevo solo detto che, era come se qualcosa mi dicesse di andare, troppe erano le coincidenze, in un lasso di tempo così breve, e poi, il mio malessere non accennava a diminuire e, come avevo sempre pensato, quando uno tocca il fondo, si attacca a Dio, per disperazione; tanto, cosa poteva capitarmi, peggio di così, non poteva andare.

Nei giorni a seguire, mi informai su questi viaggi organizzati e, per caso, una mia conoscente, che era già stata lì, mi mise in contatto con una sua amica catechista, che ogni anno faceva questo pellegrinaggio, con un gruppo, di un paese non lontano dal mio.

Telefonai alla guida del gruppo, mi feci dare tutti i dettagli e prenotai due posti per il 31 luglio.

Nelle settimane a seguire, fui pervasa da una strana trepidazione, qualunque cosa fosse, iniziava ad esserci una scossa dentro di me.

IL VIAGGIO DELLA SPERANZA......

CAPITOLO 3°

Ecco finalmente il giorno della partenza.

Al ritrovo del pullman, intanto, facevamo conoscenza con la catechista con cui mi ero messa in contatto tempo prima.

Era una donnina esile, sui 65 anni, un mix di energia dolcezza e autorità; le ispirammo subito simpatia, probabilmente aveva capito che ci sentivamo come dei pesci fuor d'acqua; sta di fatto, che per tutta la durata del pellegrinaggio, ci stette quasi sempre vicino, come una pastorella, che deve raggruppare delle pecore, un po' disorientate e ribelli.

Il viaggio in pullman fu qualcosa di terribile, durò 18 ore, di cui 12 con la guida che recitava rosari e preghiere al microfono.

Sembravano tutti presi dall'atmosfera religiosa, tranne io e mio marito, e anche una ragazza, che, come noi, era alla sua prima esperienza di pellegrina; ah...., dimenticavo....., anche l'autista non gradiva molto l'intrattenimento.

Durante quelle interminabili ore, pensai molto......, se avessi fatto bene, a rinunciare a sei giorni delle nostre vacanze, per quella roba li.....?

Le espressioni sul volto di mio marito, più allucinate delle mie, e i sedili, che sembrava iniziassero a mettere le spine, mi fecero venire dei forti dubbi.

Che ci stavamo a fare lì?....., Quelle persone non facevano altro che confermare, quello che avevo sempre pensato sul fanatismo religioso, il vederli così assorti, nelle loro preghiere, mi faceva quasi ridere; sicuramente tra loro c'era un ruffiano, un traditore, un se "posso...ti frego", e chissà cos'altro.

Erano lì, con le loro preghiere, a cercare di lavarsi l'anima e ad espiare ai propri peccati..........; patetico!

Da persona pratica, quale sono, quando mi trovo in un contesto che non è roseo, come me lo aspettavo, cerco comunque di adattarmi, e nonostante, mi sentissi a disagio, come mai avrei pensato, avevo comunque, cercato di unirmi al gruppo, pur rendendomi conto che non conoscevo le preghiere, tranne l'Ave Maria e il Padre Nostro, e comunque, anche quelle mi erano " ostili ".

I momenti più attesi per me, e per Adam, erano le fermate ogni quattro ore, negli autogrill, dove si poteva finalmente fumare una sigaretta, e, altrettanto felicemente, far riposare le orecchie da quella voce, ormai insopportabile della guida.

Finalmente, il giorno seguente, dopo non poche difficoltà, per passare la dogana, eravamo in Bosnia e poco dopo a Medugorje.

Giuro di non aver mai visto così tanta gente ; pullman che avevano difficoltà a passare in quelle stradine, non adatte ad accogliere un traffico così intenso.

Un paese diviso, da una parte, da case fatiscenti, di quelle che hanno visto la guerra, la fame e quant'altro, dall'altra, da un cantiere a cielo aperto, fatto di alberghi e ostelli, per non parlare delle centinaia di negozietti di genere religioso.

Ci era stato raccontato, che, come da noi nel dopoguerra, lì, c'è ancora oggi il "lavoro alla giornata"; gli uomini senza occupazione, si mettono in strada, nelle prime ore del mattino, cosicchè, impresari e costruttori, che passano per andare nei vari cantieri, possano caricarli se carenti di manovalanza, altrimenti, di nuovo a casa e si riprova il giorno seguente.

Per quelli, e sono la minoranza, che hanno avuto la possibiltà economica, di costruirsi una pensione, una casa famiglia o un negozio di oggetti vari, la situazione è diversa, per loro, è arrivato il benessere.

Intanto, il nostro pullman aveva lasciato il centro del paese, e salito su, per una collina, si fermò davanti ad un grosso caseggiato immerso nel verde: Casa San Giuseppe.

Anni prima era stato un convento, che poi una signora italiana, aveva trasformato in una casa per pellegrini.

Le celle delle suore, avevano lasciato il posto alle camere degli ospiti, altri stanzoni erano divenuti camerate, al piano terra c'era un grande refettorio, dove ci si trovava tutti per pranzare, fuori c'era un bel patio, fatto di travi di legno, che proteggeva dal sole battente.

Infatti, di giorno, il caldo era insopportabile, si arrivava anche a superare i 40 gradi, di notte, invece, essendo comunque in montagna e trovandoci in una vecchia costruzione, dai muri spessi, si stava bene con una copertina, perchè la temperatura si abbassava notevolmente.

Le camerette erano arredate in modo sobrio, solo l'essenziale: due lettini singoli, ognuno contro una parete, divisi da una piccola finestra, che si affacciava su uno spettacolare paesaggio verde, un piccolo armadio e una scrivania riempivano la stanza, e, in un angolo un piccolo bagno.

Comunque, tutto sapeva di pulito ed era ben tenuto.

Era lunedì ed era quasi mezzogiorno, avevamo viaggiato tutta la domenica ed eravamo stanchissimi.

Tempo di portare la valigia in camera e di darci una veloce rinfrescata poi tutti giù per una messa, che si teneva in una piccola cappella, adiacente all'edificio.

Gli ospiti della casa, erano all'incirca un centinaio, perchè oltre al nostro gruppo, c'erano altri due pullman, uno dal Veneto e uno dalla Spagna.

Con noi aveva viaggiato un prete, parroco del paese da cui eravamo partiti, un signore sui sessant'anni, molto semplice e dolce, spiritoso e di poche prediche se non quando vestiva i suoi abiti talari.

Terminata la messa, ci fu servito il pranzo nel grande refettorio.

A causa della spossatezza per il lungo viaggio, la guida consigliò di andare a fare un riposino, anche perchè nei giorni a seguire, la tabella di marcia, sarebbe stata molto intensa, e siccome tra noi, c'erano tante persone di una certa età, era saggio fare una piccola pausa.

Il resto della giornata ed il giorno seguente, passarono tra messe, incontri e testimonianze, ogni sera alle 19.00, ci si recava nel centro di Medugorje, dietro alla grande chiesa, dove su un'enorme distesa verde, migliaia di persone, di ogni nazionalità, chi con il seggiolino pieghevole, chi con un inginocchiatoio, prendevano posto sull'erba, per assistere alla grande messa, celebrata in una struttura rialzata, semi coperta, che affacciava sul grandissimo piazzale verde.

Ero a bocca aperta, mai, in vita mia, mi era capitato di trovarmi in mezzo a così tanta gente: mi girava la testa, a forza di stare con il naso all'insù, ma ero come ipnotizzata da quell'infinità di bandiere che svolazzavano in cielo.

L'energia positiva che impregnava l'aria che stavo respirando, mi dava una tale gioia e un benessere, che cercavo di annusarne più che potevo, quasi a sembrare una drogata in astinenza di felicità......

Ognuno, era dotato di cellulare o radiolina con auricolare, per potersi sintonizzare sulla frequenza radio che permetteva di avere la traduzione della messa, nella lingua desiderata.

Mi era stato detto, che a queste funzioni, prendevano parte all'incirca 50.000/70.000 persone e che i preti, anch'essi di ogni dove, che celebravano erano più di 500.

Devo ammettere, che queste messe mi emozionarono molto, non tanto per il loro contenuto religioso, almeno inizialmente, quanto per la moltitudine di persone, per la maggior parte giovanissimi, che mi sorprese molto.

Sapevo di questi Papa boys, tuttavia, io avevo sempre identificato la religione, con persone più anziane e vedere ora, questo fervore, in così tanti giovani, mi lasciò senza fiato.

Arrivavano da ogni parte del mondo, sventolando con orgoglio la propria bandiera, ascoltavano in sacro silenzio, le parole del prete che celebrava, per poi, esplodere di gioia, udendo i canti e gli inni, che uscivano da delle enormi casse acustiche.

Si abbracciavano e danzavano, al suono di quelle musiche, recitando le preghiere ed il rosario, ognuno nella propria lingua, un miscuglio di idiomi....., ma quello che ne usciva, non era confuso, bensì, sembrava quasi che al cielo si ergessero un'unica voce ed un'unica lingua.

Si può dire, un Woodstock religioso......, dove, anzichè circolare alcool e droghe, si spacciava solo amore e fratellanza.

Il cielo......oh', il cielo era qualcosa di indescrivibile, sembrava la tavolozza di un pittore pasticcione, tanti erano i colori delle bandiere che svolazzavano, e i palloncini che venivano lasciati andare, su..... su, fino a sparire.

C'era un giovane ragazzo vicino a noi, su di una sedia a rotelle; non so esattamente di che sindrome soffrisse......, di quelle che ti storpiano il corpo e che mentalmente ti lasciano sempre bambino; comunque, ad uno di quei canti, che tutti intonavano all'unisono, iniziò ad agitare la lunga asta della sua bandiera, cadenzandone il ritmo, il suo volto era a dir poco radioso, forse non sapeva il perchè di tutto quello che accadeva intorno a lui, ma vi partecipava con un fervore e una gioia mai visti; per non parlare della commozione in volto, di quelli, che presumo fossero i suoi genitori.

Adam si voltò verso di me e disse: " In quel ragazzo c'è Dio...", ci stringemmo la mano e i nostri occhi divennero lucidi.

Poi, ci fu il momento solenne della Comunione: ad un certo punto, passarono tra la folla dei ragazzi, con le magliette tutte uguali (probabilmente dei volontari) che facevano scostare la gente dai vialetti principali, per creare dei corridoi, dove poter far passare i sacerdoti che avrebbero distribuito l'ostia.

Con l'accompagnamento di sottofondo di quei suoni celestiali, che ineggiavano nell'aria, più di 400 preti, tra loro tanti erano giovani, con le loro tuniche bianche, scendevano dalla scalinata di quella struttura, che sembrava un gigantesco altare, con un ordine che pareva quasi la scenografia di un balletto e, percorrendo quei vialetti, si dividevano tra la gente e consegnavano il Corpo di Cristo.

Era veramente emozionante........, anche per me.

Mio marito, in quelle due sere, non volle prendere l'ostia, perchè disse che, non essendosi confessato da parecchio tempo, non era corretto.

Avevamo provato, quel giorno, a farci confessare, ma era stato impossibile.

Code pazzesche di gente, nel grande piazzale adiacente alla chiesa, ad attendere il proprio turno, nonostante fossero centinaia, i sacerdoti e i frati che si erano resi disponibili.

Confessavano sparsi dappertutto, chi seduto nel prato, chi nei vari vialetti che costeggiavano la chiesa, ovunque ti girassi, vedevi un prete con ai piedi un cartello che diceva in quale lingua confessava.

Era un paesaggio mistico quello che i miei occhi vedevano, non sembravano confessioni, ma, un incontro tra due vecchi amici che chiaccheravano amabilmente, seduti nel prato.

La pace che aleggiava in quel luogo, aveva dell'irreale, con tutte le migliaia di persone che si accalcavano per le stradine e per i sentieri, non ho mai visto qualcuno alterarsi per uno spintone o per le code estenuanti, sotto il sole cocente, che si formavano ovunque si andasse.

Nei volti si vedeva dipinta solo pace, armonia e tanta gioia, solo per il fatto di essere lì.

Non era certo quello che ero abituata a vedere nel mondo reale.

Avevamo visto anche alcune persone un po' strambe, o almeno così ci sembravano.

Una mattina, mentre attraversavamo la vigna per andare nel centro del paese, sul ciglio del sentiero sterrato, una donna di mezza età, giaceva a terra immobile; noi, inizialmente, pensammo che si fosse sentita male, ma un gruppo di signore, che si era fermato insieme a noi, ci disse di non toccarla perchè era caduta in trance.

Noi non capivamo........, anzi a quel punto, pensammo fosse la sceneggiata di un'invasata, ma quando, due ore dopo, tornammo, era ancora lì, nella stessa e identica posizione; era mezzogiorno e il sole picchiava, ma lei non dava cenno di sofferenza.

Nei giorni a seguire, la stessa cosa capitò a una signora del nostro gruppo.

Una sua amica raccontò che non era la prima volta, da quando veniva a Medugorje; non bisognava intervenire, perchè era come se avesse un incontro, una visione; boh.........per noi era difficile comprendere.

Ci avevano avvisato che spesso capitava di vedere, durante le apparizioni dei veggenti, qualche indemoniato; una signora, nel viaggio in pullman, ci aveva raccontato che durante un suo precedente pellegrinaggio, aveva assistito a qualcosa di simile ne era rimasta scossa.

Accadde, che durante l'apparizione del veggente Ivan, dal fondo della folla, si iniziarono a udire dei versi strani e, improvvisamente, si vide una donna che avanzava camminando sulla testa della gente ammassata, quasi come se volasse, urlando ed emettendo strani ed orrendi versi; si stava scagliando contro il veggente, quando, ad un certo punto, prima che lei gli fosse addosso, un gruppo di preti e frati che facevano da scorta a Ivan, le si piazzarono davanti, e con l'imposizione delle mani ossia impugnando il rosario e recitando delle preghiere, la fecero fermare, lei si calmò all'istante, e poi si accasciò a terra.

Il racconto mi impressionò, non sapevo se crederci o meno, ma speravo di non dovermi mai trovare in una situazione del genere.

Nella mattinata di martedì 2 agosto, alla croce blu, il luogo prescelto dalla Madonna, per dare i messaggi, avevamo assistito all'apparizione della Madre Celeste che, il 2 di ogni mese, si presenta a Miriana, una delle veggenti.

Tanta era la folla ammassata, che ci si schiacciava l'un l'altro, come delle acciughe in un barattolo, era impossibile muovere anche solo un braccio.

Pensai che anche se fossi svenuta, ricordo che era quasi mezzogiorno, e che c'erano 45°, non ci sarebbe stato il rischio di cadere a terra, tanto ero bloccata da tutti quei corpi, accaldati e frementi.

Quando Miriana ebbe l'apparizione, calò un silenzio assoluto: come era possibile che tutta quella gente non emettesse neppure un piccolo suono.....?

Io non vidi e non sentii nulla di strano, qualcuno parla del sole, che produce strani effetti in cielo o di altre cose inspiegabili, che capitano in quell'attimo.

Cercavo di concentrarmi, ma la mia attenzione era attirata da quel mare di persone che riempiva ogni dove.

Non riuscivo ancora a capacitarmene; com'era possibile che, un luogo così sperso tra i monti, in cui, alcuni ragazzi avevano dichiarato di essere stati testimoni di apparizioni celesti, potesse attirare così tanta gente da tutto il mondo e di tutti i ceti sociali, uomo o donna, vecchio o giovane, bianco o nero, ricco o povero, lì......sembrava che tutto ciò, non fosse importante.

A Medugorje, la frase " davanti a Dio, siamo tutti uguali ", sembrava essere il motto ufficiale.

Tra me pensai " Perchè l'uomo, può, in alcuni frangenti, come questi pellegrinaggi, convivere in armonia e pace con i suoi simili, senza dare importanza alle diversità,......perchè questo, non è possibile, sempre e ovunque........", poi, con un sorriso malinconico, mi risposi " Utopia.......".

Alla fine, quella sera, decidemmo che ci saremmo rivolti al prete del nostro gruppo, perchè ci avevano detto, che si era reso disponibile a confessare.

Non aveva senso, essere arrivati fino a lì, per poi non partecipare totalmente alla messa.

CAPITOLO 4°

Giornata di mercoledì 3 agosto.

Mai avremmo pensato, quella mattina, con lo stato d'animo con cui ci eravamo svegliati, che da lì a poco, la nostra vita sarebbe cambiata.

Come tutte le mattine ci eravamo svegliati prestissimo, erano circa le 7.30, ed eravamo nel refettorio a far colazione.

La guida, come ad ogni inizio giornata, ci informava sul programma odierno: testimonianze di alcune suore, cammino alla Croce Blu, incontri con alcune veggenti e quant'altro.

Per noi, il tutto era veramente estenuante perchè le giornate erano spossanti, e poi, il caldo non mollava mai.

Noi non avevamo il credo e le motivazioni che ci sostenessero e ci aiutassero, a sentire meno pesante quel tour de force.

Ricordo che mentre eravamo sotto il patio a fumarci una sigaretta, ci trovammo d'accordo nel dirci che se avessimo avuto la nostra auto, avremmo fatto i bagagli e saremmo fuggiti a gambe levate.

Poco dopo aver parlato della nostra impossibile fuga, si avvicinò a noi il prete del nostro gruppo che rivolgendosi ad Adam, gli chiese " Come ti senti in questo luogo.....? ", e lui rispose " Come una prostituta in un convento di clausura ".

Il parroco sorrise e disse " Ci vuole tempo e coraggio per avvicinarsi a Dio, ma fatemi dire, ragazzi miei, che da quando siamo arrivati, avete già un'altra faccia, sembrate più rilassati e sereni......".

Rilassati? Ma se poco prima, stavamo escogitando di scappare........!

Prima di salutarlo, gli chiedemmo se potesse confessarci, e ci demmo appuntamento, davanti al patio, per le 17.00, prima di andare a cena.

Decidemmo di farci un giro per i cavoli nostri e, dopo pranzo, di fare un riposino, dovevamo ricaricare le pile.

La nostra, non era solo la stanchezza di quel viaggio, c'era anche un anno di lavoro stressante, sulle spalle.....

Nel pomeriggio, come d'accordo, ci trovammo sotto il patio, il prete prese due sedie, le portò nel prato di fronte, sotto un grande albero dall'invitante ombra, e prese posto su una di esse.

Prima confessò Adam, poi toccò a me.

Era dalla Cresima che non mi confessavo e, inizialmente, non sapevo cosa dire.

Poi, con una naturalezza a me inconsueta, iniziai a raccontargli tutto, a ruota libera, compreso quello che accadde il 5 gennaio.

Ero stupita di me stessa: come ero riuscita a parlare così facilmente, di cose personali, che ancora mi facevano soffrire solo a pensarle, con un perfetto estraneo.......?

Subito dopo la confessione, mi sentii decisamente meglio, come se quell'enorme macigno, che mi comprimeva il petto, si fosse un po' alleggerito.

Dopo aver cenato, insieme ad alcune persone del gruppo, ci incamminammo verso la chiesa, avevamo comprato due seggiolini nel pomeriggio, e così, arrivati in quell'immenso piazzale verde, prendemmo posto, per assistere con sempre più emozione, alla messa.

Quando fu ora di ricevere la comunione, l'emozione, prese fortemente entrambi, ma la cosa più commuovente, fu vedere Adam che dopo aver ricevuto l'ostia, iniziò a piangere e ci vollero una decina di minuti perchè si calmasse.

Sembrava quasi che, da quelle lacrime, stessero uscendo, tutte le sue pene, come se in quel momento lui si fosse trovato davanti tutta la sua vita, rivivendo, ad uno ad uno, tutti i suoi errori, le sue mancanze, i suoi comportamenti scorretti e, dinnanzi a lui, ci fosse Dio, che gli concedeva il perdono.

Anche la nostra amica catechista Lella, si emozionò nel vedere quelle lacrime, perchè quel pianto, si percepiva chiaramente, non era solo frutto di una forte emozione.

Quella sera, feci più attenzione alle parole del prete che celebrava, e devo ammettere che mi sentii trascinata da tutta la funzione.

Terminata la messa ci avviammo, c'era un bel pezzetto di strada da percorrere a piedi, si doveva attraversare una vigna e poi, arrivati sulla via asfaltata, c'era una scorciatoia, che conduceva sulla collinetta dove si trovava l'ostello, muniti di pila, perchè era tutto buio e quel sentiero così isolato, in mezzo alle frasche, faceva un po' paura.....!

Se non si attraversava la vigna, si poteva prendere la strada principale, che passava davanti a negozi ed alberghi, ma si allungava parecchio, oppure, si poteva chiamavare un taxi, ve ne sono un infinità, a disposizione.

Però, attraversare la vigna, con il solo rumore dei grilli e con la sola luce della luna, faceva prolungare in me quella pace e quel sacro raccoglimento che iniziavo a sentire, dopo aver assistito alla messa.

Fumammo ancora una sigaretta sotto il patio, c'era un silenzio solenne in quel luogo.

Il cielo, tempestato di stelle, sembrava volesse parlare, e i grilli, rispondere a quella voce, pareva di sentire la presenza di qualcosa, a me sconosciuto.

Poteva realmente esistere qualcuno, al di sopra di noi....., che, con amore smisurato, seguisse passo passo la nostra vita, e che, qualunque fossero le nostre scelte e i nostri comportamenti, il suo amore per noi, non cessasse mai?

Tutta quest'atmosfera, mi faceva decisamente bene, anche se devo ammettere, un po' mi spaventava, tutto questo, faceva a pugni, con quelle che finora, erano state le mie convinzioni e opinioni.............

Andammo in camera nostra, l'indomani ci saremmo dovuti svegliare alle 5.30, per andare sul Podbrdo, la collina delle apparizioni.

Ci coricammo, ognuno nel suo lettino, e, come sempre, lasciammo la tapparella leggermente alzata, con la finestra aperta, per consentire alla brezza notturna e alla flebile luce della luna di entrare.

Mi addormentai quasi subito, ed era da un po' che questo non accadeva.

Mi svegliai poco prima del suono della sveglia e trovai Adam seduto ai bordi del letto: era sconvolto e tutto sudato, aveva la pelle d'oca e respirava con affanno.

Quando si accorse che avevo aperto gli occhi, mi disse **(2)** " Jana, non sai cosa mi è successo.........", prese fiato e cominciò a raccontare " Ieri, poco prima di prendere sonno, stavo pensando a tutto questo........., mi chiedevo se tutto ciò che capita in questo luogo, sia frutto della fantasia o della suggestione di persone, facilmente influenzabili, o se siamo noi che con il nostro scetticismo, non riusciamo a capire........; prima di addormentarmi, ho pregato, e ho chiesto alla Madonna di darmi un segno, anche solo una carezza, che mi facesse capire che lei è qui,.......che tutto questo esiste........poi mi sono detto....figurati se lei viene da me, peccatore e bestemmiatore incallito; sicuramente si presenterà dinnanzi a persone migliori di me........, ai timorosi di Dio! Io non merito la sua attenzione! Così mi sono assopito."

Era visibilmente agitato mentre raccontava, poi continuò " Nella notte mi è preso un caldo incredibile, mi sono scoperto,.......non so se sognassi o fossi sveglio, era quasi l'albeggiare, ero supino, con il volto girato verso di te,.....sta di fatto che mi sono sentito accarezzare la testa e la schiena,.....una carezza come quella di una mamma, che consola il suo bambino; pensavo di sognare, non lo so........ma comunque era piacevole, sicuramente la mia mente elaborava quello che avevo chiesto alla Madonna, poco prima di addormentarmi.....".

Io lo guardavo teneramente, pensando che sicuramente, anche lui, si era fatto prendere da tutta questa atmosfera,.......e che ciò, gli aveva condizionato i pensieri.

Quando vide che mi stavo alzando, mi prese per un braccio, mi fece risedere sul letto e, guardandomi fisso negli occhi, con uno sguardo a me sconosciuto, mi disse " Non è tutto qui........, ero convinto di dormire, quando ho sentito una mano che mi toccava giù.......", " Giù dove? ",

replicai io........, " Nei testicoli, ho sentito il tocco delle dita che tastavano i testicoli,......come fa l'urologo, quando visita....".
Era agitatissimo, mentre continuava " Jana, in quel momento sono sicuro di essermi svegliato, mi è presa una paura folle......., ho cercato di girarmi per vedere, ma una mano mi premeva la testa sul cuscino, per impedirmelo! Ho provato a chiamarti......, ma non mi usciva la voce dalla gola......mi è preso il panico...........ho cercato di pregare, ma le parole si inceppavano.......e allora riniziavo, mischiavo il Padre Nostro con l'Ave Maria, non riuscivo a terminare la frase........ero terrorizzato.
Vedevo te, che dormivi........e io, ero impotente persino di chiedere aiuto o di muovermi......".
Io ero atterrita, nell'ascoltare le sue parole, sapevo, conoscendolo, che non erano fantasie, ma che aveva vissuto realmente quell'esperienza.....; lui continuò, " Ad un certo punto ho sentito un intenso profumo di fiori, tipo bouquet, invadere la stanza, il tocco sui testicoli ha smesso, e la mano che, con amorevole decisione, mi teneva la testa bloccata, si è levata da me; poi ho visto una luce, che alla velocità del suono, è scivolata via, come uno sciame d'api, attraverso la tapparella aperta, ed è sparita; hai presente......quando si vedono delle immagini riprese dall'alto, di notte, di strade ad intenso traffico? Nella foto rimangono quelle scie luminose.........., era una cosa del genere........! Nel frattempo la stanza ha iniziato a illuminarsi leggermente delle prime luci del giorno......e tu ti sei svegliata........".
Restammo in silenzio per qualche minuto, nel frattempo stava suonando la sveglia, mi avvicinai a lui, e stringendolo forte, gli chiesi " Amore, cosa pensi voglia dire tutto questo........? ", lui, dopo qualche secondo, rispose " Non lo so, tesoro mio, forse.......è voluta intervenire in nostro aiuto, forse...per un bimbo....., ti giuro, sembrava il tocco medico di un urologo........", continuò poi " Qualunque cosa fosse, ha voluto darci un segno, io non credo di aver sognato tutto...non lo so, sono confuso.....".
Cercammo di riprenderci un po, ci aspettavano giù, la sera prima, avevamo deciso di digiunare, come aveva proposto la guida, un piccolo sacrificio in dono alla Madonna, per il suo compleanno, quindi per colazione e per il resto dei pasti, quel giorno avremmo mangiato solo pane e acqua.
Mentre aspettavamo, sotto il patio, che scendessero tutti dalle camere, feci una simpatica conoscenza.
Mi stavo lamentando con mio marito, del fatto di dovermi mettere le scarpe da ginnastica, per salire sul monte, avevo da poco, tolto in ospedale le due unghie degli alluci, perchè si incarnivano continuamente e, quelle nuove, non erano cresciute del tutto.

Dall'intervento, non avevo ancora messo delle scarpe chiuse, e la mia paura, era che potessero farmi male; una signora del gruppo, che già il giorno prima, mi aveva fatto della pranoterapia alla testa, perchè mi duoleva, si avvicinò, e mi chiese, per quale motivo avessi fatto quell'intervento, mi spiegò poi, dei meridiani e di altre cose, a me sconosciute, che secondo lei, erano la causa del mio problema.

L'avevo già notata, in pullman, durante il viaggio: Quando prendemmo posto per partire non feci caso a chi fosse seduto davanti a noi, poi, dopo un po' di ore, vidi dei piedini spuntare dal sedile davanti, che si posarono sul sedile anteriore a loro.

Questo attirò la mia attenzione, quelle gambe completamente tese, in posizione verticale, e il non vedere nessuna testa fare capolino, mi fecero pensare, che lì seduto, potesse esserci solo un contorsionista o un bambino.

Dopo un bel po', le gambe si tirarono giù e spuntò la testa di quella signora, la cosa mi fece sorridere, perchè una posizione così ginnica e scomoda, non era adducibile ad una signora, diciamolo, non più giovane.

Silvia, così si presentò, era una donna di mezza età, piccola ed esile, (e come gia detto, con un fisico da ragazzina), una personalità decisamente spigliata ed accattivante, mi piacque da subito e, senza rendermene conto, stavamo già parlando delle mie due inseminazioni andate male.

Mi disse di essere una Kinesiologa e Reflessologa, aveva trattato dei casi, simili al mio, e forse, poteva aiutarmi con delle sedute, quindi ci scambiammo i numeri di telefono.

Il pullman ci portò ai piedi del Podrbrdo, da lì, ci saremmo incamminati a piedi.

Un percorso roccioso, molto ripido, che portava su, fino alle cima, dove si ergeva una statua della Madonna, che segnava il punto esatto, dove avvennero le prime apparizioni.

Fu molto emozionante, anche lì, come nel resto dei luoghi di preghiera, la gente era tanta, ma si raccoglieva intimamente, nei propri pensieri, senza creare rumore o confusione.

Io iniziai a pregare, la messa toccante, la sera prima, e quello che era capitato ad Adam, quella notte, avevano iniziato a smuovere in me, dei sentimenti nuovi.

Scesi dalla collina e, arrivati nel piazzale davanti all'ostello, decidemmo di raccontare quello che era capitato, la notte prima, a Lella, la catechista.

Lei ascoltava con infinita dolcezza il racconto di Adam, ma quando lui accennò al bouquet, le si riempirono gli occhi di lacrime, lo abbracciò e disse " Ragazzo mio, tutto potrebbe sembrare un bel sogno, frutto di quel miscuglio di emozioni che state vivendo da quando siete arrivati qua, ma tu, caro Adam, non potevi sapere, che tutti quelli che hanno assistito all'apparizione della Madonna, hanno detto, che nell'aria, aleggiava un profumo di bouquet!

La Madonna, caro, è venuta a trovarti, sei una persona fortunata per aver avuto questo incontro, pensa che io, sono più di dieci anni che vengo in pellegrinaggio, a Medugorje e non ha mai avuto questo onore ".

Adam, le chiese perchè proprio a lui, fosse capitato......, e lei in tutta risposta, gli disse " Perchè tu avevi bisogno di un gesto, per credere, io faccio già parte del suo gregge.......".

Ora sapevamo per certo, che quello che era capitato, non era suggestione del luogo, ma, una prova del suo amore per noi......., Lei era lì!

Quella notte, aveva dato una svolta decisiva alle nostre vite, ci aveva fatto voltare pagina, mostrandoci, un'altra strada da percorrere, per il nostro futuro.

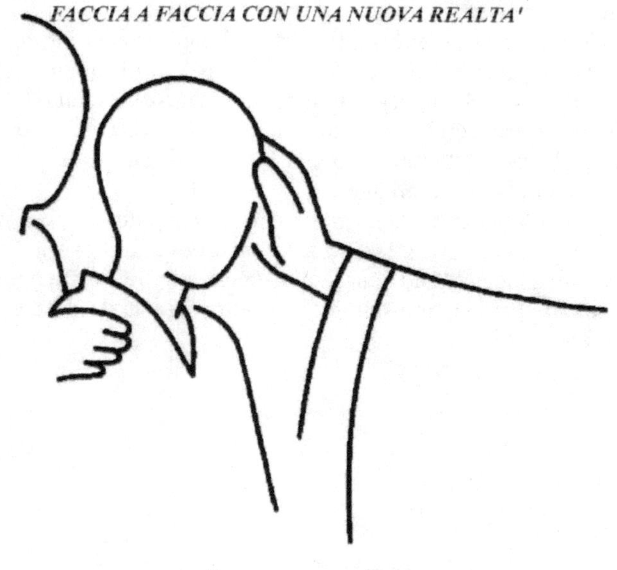

CAPITOLO 5°

La salita sul Podrbrdo, era stata emozionante, ma anche stancante.

Ci dissero che quella programmata per l'indomani, sul monte Krizevac, sarebbe stata molto più dura.

Andammo a fare un giro per negozi e comprammo dei rosari da regalare a parenti e amici, Adam comprò anche due crocefissi, uno per casa e uno per il posto di lavoro.

Mi stupii, soprattutto per quello che voleva mettere nel locale lavorativo, perchè lui diceva sempre che avendo a che fare, nel nostro lavoro, con il pubblico, non era corretto imporre alla vista degli altri, alcun simbolo religioso o politico.

Vedendo che lo guardavo stupita, con una espressione e un tono, del tutto indifferenti al mio sguardo incredulo, mi disse " Sai che a casa c'è quel punto luce, con i cavi a penzoloni? Sono dieci anni che è così, e ci dicevamo sempre che essendo nel centro della sala, dovevamo trovare, senza fretta, qualcosa di speciale, che valorizzasse l'ambiente........beh, l'ho trovato ", e mi indicò uno dei crocefissi.

In effetti, quel cavo elettrico penzolava da anni, ma aspettavamo a sistemarlo, perchè eravamo alla ricerca di qualcosa di originale da mettere sotto, ora avrebbe illuminato quel Gesù Cristo.

C'era veramente l'inizio di un cambiamento in noi.......

Ci recammo a pranzo, cioè, a mangiare pane e acqua........, ma la cosa che ci mancò di più in quel digiuno, furono le sigarette......, ebbene sì, avevamo deciso di astenerci anche da quello, nel nostro sacrificio.

Nel pomeriggio, prendemmo parte all'incontro organizzato dalla guida, in un centro gestito da ex tossicodipendenti, istituito da una suora, anni prima.

Ragazzi che si erano persi, ma che, grazie a questa donna meravigliosa, ed a una fede ritrovata, si erano ricostruiti una vita, una famiglia........, e la voglia di vivere; questo centro, sopravviveva grazie alle donazioni della gente, e alla laboriosità di questi stessi ragazzi che, oltre al duro lavoro per mantenere la comunità, creavano dei bellissimi oggetti artigianali, la maggior parte di simbolo religioso, che vendevano ai visitatori.

Terminata la visita al centro, finalmente, il momento più atteso della giornata, la grande messa.

Ci coricammo presto, quella sera, l'indomani sveglia alle 4.00: il monte Krizevac era il più alto e faticoso da salire, ed era saggio percorrerlo con la frescura delle prime ore del mattino.

Prima di addormentarci, ci coccolammo un po', su uno dei lettini, come ogni sera, facemmo il resoconto della giornata: Erano stati quattro giorni intensi, e la notte del mercoledì, aveva lasciato un segno su di noi.

Oltre ad aver preso coscienza dell'esistenza di Dio, c'era il fatto, di aver avuto proprio noi, quel contatto con la Madonna, che ci aveva voluto far sapere " Io esisto, e sono con voi......."; questo, ci aveva lasciato dentro una serenità e soprattutto, una voglia di ricominciare, lasciandoci alle spalle la vecchia vita, gli spettri e tutto quello che eravamo e pensavamo, prima che tutto ciò avvenisse.

Eravamo due persone nuove, la sua apparizione, era il segno del perdono, della speranza e forse, dell'arrivo di un piccolo cucciolo.......

Giornata di venerdì, ultima, perchè l'indomani saremmo rientrati a casa.

Erano le 4.30, e avevamo fatto già colazione, aggiungerei, molto abbondante, visto il digiuno del giorno prima; salimmo tutti sul pullman, che ci avrebbe portato ai piedi del Krizevac, era ancora buio e l'aria era fresca.

Quando arrivammo ai piedi del monte, trovammo il mondo, non eravamo gli unici ad aver pensato di salire con il fresco del primo mattino.

Ci avviammo a piedi, la salita era ripida e si camminava tra rocce e pietre; il difficoltoso sentiero era sdrucciolevole e quindi, era facile cadere.

Si vedeva il percorso che migliaia e migliaia di persone avevano fatto nell'arco degli anni, le pietre erano ormai liscie e logorate da quella moltitudine di piedi che avevano lasciato il segno del loro passaggio, sembrava quasi, che su quei massi, fosse scritta la storia di ognuno, pensai, commuovendomi.....

Si era costretti a seguire quel sentiero, creato in lunghi anni di pellegrinaggio, perchè altrimenti, ci si sarebbe addentrati in cespugli, frasche e rocce appuntite, dove il percorso, sarebbe stato ancora più arduo e pericoloso.

Si vedevano persone che camminavano a piedi nudi, recitando la Via Crucis, alcuni invalidi su sedia a rotelle, venivano portati di peso, o con delle specie di barelle arrangiate al momento.

Tantissimi anziani, chi con il bastone, chi sorretto da qualcuno, gente con delle protesi, o in sovvrappeso che camminavano adagio, adagio, senza sconforti o lamenti......; la cosa che ci colpì, fu di non vedere nessuno cadere, questo già di per sè era un miracolo, c'era la mano di Dio, che li sorreggeva.

Il cammino, veniva fatto recitando il rosario, ci si fermava davanti a delle formelle di bronzo, dove, la guida spiegava al proprio gruppo, il significato: Indicavano le fermate di Gesù, sofferente, nel percorrere con la sua croce, il monte su cui, venne crocefisso.

Il mio cuore, palpitava al pensiero che tutte quelle persone che stavano salendo con fatica, portando ognuno la propria croce, pregavano........, sperando che una volta salite sulle cima, avrebbero trovato la pace, la guarigione o qualunque cosa, esse chiedessero, mentre, Gesù....., trovò la morte.

Io recitai insieme al gruppo il rosario, mi sentivo parte, di quella gente sofferente, che stava chiedendo aiuto, ma......ero anche stranamente serena e tranquilla, come se sentissi........che lui era già in mio soccorso.

Sulla cima del monte, vi trovava posto, un enorme croce di cemento bianca, avevo letto che era stata portata da alcuni credenti nel 1933, in seguito ad un lungo periodo di siccità, che aveva messo in pericolo l'agricoltura; finalmente la siccità finì e il popolo di Medugorje si sentì protetto.

In un raccoglimento silenzioso, ci si avvicinava tutti all'imponente croce, per toccarla, per baciarla o per recitare una preghiera, c'era una meravigliosa atmosfera, il cielo era meraviglioso, la gente era meravigliosa....., rispettosi uno verso l'altro, attendendo in silenzio, il proprio turno, per potersi avvicinare a quel simbolo così prezioso.

Io mi soffermai un attimo ad osservare gli sguardi delle persone a me vicine, in alcuni lessi sofferenza, stupore o sbigottimento, ma nella maggior parte di quegli occhi, vidi gioia e serenità, sembrava quasi che si trovassero lì, dinanzi a quella croce, non per chiedere, bensì, per ringraziare.

"Forse, anch'io, dovrei ringraziare.....", pensai, in quegli utimi due giorni, guardandomi allo specchio, notai un cambiamento sul mio viso, la pelle era più luminosa e i tratti più distesi.......; sicuramente quello, era lo specchio del mio dentro, il mio volto stava riflettendo l'immagine del mio cambiamento interiore, l'inizio della mia guarigione.

Dopo aver goduto della pace che si respirava su quella cima, ci incamminammo su di un altro sentiero, che portava giù, ai piedi del monte; sia io che Adam, ci sentivamo felici, era stata una bellissima esperienza.

Ovunque si andasse, a Medugorje, si percepiva una atmosfera irreale, mistica.......

Una volta arrivati in quel luogo, ci si trasformava, era come se il bene fosse una epidemia, e ci si contagiasse uno con l'altro, ma su quel monte, questa sensazione si amplificava.......

Percorrendolo e, arrivando ai piedi di quella croce, io avevo sentito, più che mai, la presenza di Dio.

Durante la salita, della via crucis, come precedentemte detto, si recitava il rosario o si ascoltavano i vari racconti della guida, ma durante la discesa, dove non era più necessario stare dietro al gruppo, mi trovai in un totale silenzio; non eri obbligato a conversare con gli altri, come normalmente capita in altri frangenti, in cui per non sembrare musone o introverso, anche se non ne avresti voglia in quel momento, qualcosa devi dire......, tant'è, che sovente, si parla di cose banali, giusto per dar fiato alle trombe......

L'unica voce che sussurrava, era quella dei miei pensieri, in quell'abbondante ora, che occorreva per scendere al parcheggio dei pullman, mi trovai come unica compagna me stessa, e mi piacque molto; la solitudine spesso fa paura, e quindi si cerca sempre di stare in compagnia, ma così facendo, pian piano, si perde il piacere di noi stessi; in tutto quel tempo, che mi ero regalata, mille furono i pensieri........, ma tanti furono anche i black-out.....; testa completamente libera, e questo non pensare, per me inusuale, devo dire, fu molto piacevole.

In un momento di riflessione, pensai anche, con un piccolo, ma ragionevole dubbio, se quello che stavamo vivendo o quello che ci era capitato, fosse veramente reale, tenendo conto, da che mentalità io fossi partita, tutto questo, era un bel salto......

In uno di quei momenti di time out mentale dove, solo gli occhi per vedere dove mettevo i piedi e solo le orecchie per sentire quel silenzio, erano i sensi che usavo, raccolsi istintivamente un sassolino da terra, e stringendolo come qualcosa di veramente prezioso, lo misi in tasca; questo gesto, era la prova, che inconsciamente io non avevo dubbi........; quella pietra, non era un comune sasso, ma il simbolo di una presa di coscienza, di un miracolo, di un cambiamento, e come tale, l'avrei custodita gelosamente.....

Io avevo vissuto la salita di quel monte, come l'avvicinamento e la conoscenza di Dio, tramite rosari e preghiere, e la discesa, come la riflessione e le conclusioni finali di tutto quanto.

Prima di andare a pranzo, ci recammo a messa, a celebrarla, era un giovane prete Francescano, che faceva parte del gruppo degli spagnoli, alloggiati insieme a noi, a casa San Giuseppe.

Nonostante parlasse spagnolo, il suo gesticolare e il suo scandire lentamente le parole, fece sì, che anche noi, potessimo comprendere la sua predica.

Aveva un temperamento ed una passione tali, che era impossibile per chiunque, non esserne coinvolti; la grinta ed il fervore della sua giovane età e l'amore per la sua vocazione, che si leggeva chiaramente sul suo volto, erano un mix esplosivo, che ti rapiva a tal punto, da farti venire la pelle d'oca.

Insieme a lui, vi era un gruppo di suore Francescane, anch'esse giovanissime, nel loro candido abito bianco panna, con visi di una

bellezza e di una purezza indescrivibili......., che parevano realmente delle spose, nel giorno del loro matrimonio con Dio.
Mai, avevo visto tale meraviglia, in un volto, questa, non era data dai lineamenti regolari di un viso, dal colore e dal taglio degli occhi o ancora dalla forma ben disegnata delle labbra, parametri, a cui normalmente facciamo riferimento, per eticchettare un certo canone di bellezza.....
La luce di quei volti, la gioia immensa di quegli sguardi e l'armoniosa ed elegante felicità, che fuoriusciva da ogni singolo movimento che esse facevano, aveva dell'irreale.
La loro bellezza arrivava da una gioia interiore, ed era inimitabile......; nè il migliore chirurgo estetico, nè un truccatore o un'estetista, potevano eguagliarla.

CAPITOLO 6°

Quel pomeriggio, dopo pranzo, decidemmo di astenerci dal resto del programma, perchè eravamo stanchissimi, così, ci ritirammo in camera e dopo una doccia, ci coricammo, sfiniti ma lieti.

Al risveglio, incominciai a preparare le valigie, l'indomani la partenza era stata fissata per le 4.30 del mattino.

Dopo esserci vestiti, ci presentammo in refettorio, avrebbero servito la cena alle 18.00, per dar modo agli ospiti, di poter anticipare la camminata verso il centro del paese per la messa: quella sera, alle 23.00, ci sarebbe stata l'apparizione della Madonna, al veggente Ivan, su, al monte Podbrodo.

Chi avesse voluto parteciparvi, avrebbe lasciato un po' in anticipo, la funzione, nel grande piazzale, per potersi incamminare per tempo, verso la croce, cosicchè essere lì, prima che la grande folla, che dalla messa si sarebbe riversata sul monte, rendesse più difficoltosa la salita, e meno facile, la possibilità di poter trovare posto, vicino al luogo in cui si sarebbe fermato Ivan.

Noi avevamo deciso di partecipare solo alla messa, volevamo passare quell'ultima serata, a rilassarci sotto il patio per ammirare in silenzio e in solitudine (sapevamo che sarebbero scesi tutti), quell'immenso cielo stellato, che era così bello da togliere il fiato, poi, prima di coricarci, poter riunire tutti i nostri pensieri e i nostri ringraziamenti, con una preghiera, dinanzi ad una graziosa statua della Madre che si trovava nel retro del caseggiato.

Quando però, a cena, raccontai il nostro programma, Silvia, intervenne dicendo " Come....., avete assistito a tante cose in questi giorni......, non potete proprio ora, perdervi questa apparizione! E' qualcosa di molto coinvolgente.....".

Adam si rivolse poi a me "Ok, assistiamo anche a questa apparizione, ma a questo punto, non andiamo alla messa, mangiamo e andiamo direttamente sul Podbrdo, così potremo metterci dove vorremo "; " Ma Ivan arriva alle 23.00....., non è troppo presto? ", replicai io, un po' perplessa........; lui aveva sempre detestato le lunghe attese e le code, come era possibile, che volesse andare su, quattro ore prima........?.

" Jana, tu hai la minima idea, di quanta gente si presenterà, finita la messa in piazza? Almeno, potremo scegliere dove piazzarci........".

Io annuii, constatando sempre più, che anche mio marito, era ormai completamente ammaliato da quel luogo, non avrebbe mai atteso così tanto, nemmeno per assistere ad una partita, della sua squadra del cuore, figuriamoci per un veggente........

Finita la cena, fummo tra i primi ad alzarci da tavola e, mentre ci stavamo allontanando, Silvia ci consigliò di portarci dietro un golfino e una pila; quest'ultima sarebbe servita al ritorno, perchè con la notte, illuminata solo dalla luna, sarebbe stato rischioso scendere giù dal monte. Ci ricordavamo bene, come erano quei massi, e quanto fosse stato difficile percorrerlo di giorno........; quindi, salii in camera a prendere la pila e due golfini, poi, raggiunsi Adam sotto il patio, fumammo una sigaretta e poi, iniziammo ad avviarci verso il monte.

Dopo mezz'oretta, arrivammo sulla cima e, con un po' di stupore, scoprimmo di non essere stati gli unici a voler salire per tempo, c'erano già un centinaio di persone, che però, sparse qua e là, su quella grande radura, davano un senso di minor numero.

Adam scelse un masso abbastanza grande e piuttosto levigato, dietro al quale si trovava un piccolo alberello, attorniato da una siepe, che ci avrebbe protetto un po' le spalle, all'arrivo di tutta quella gente.

Dicevano che ci sarebbero state, circa, trentamila persone, ad assistere, ci chiedevamo, dove si sarebbero potute piazzare tutte quante......

Seduto davanti a noi, c'era un piccolo gruppo di spagnoli, tra cui, una donna, che ci infastidiva, con le sue chiacchere e le sue risate, anche se eravamo in pochi, e non c'era ancora il veggente, i presenti, ad eccezione di quella, in un raccoglimento spirituale come quel luogo richiedeva, avevano iniziato a recitare il rosario, ogni gruppo nella sua lingua.

Era meraviglioso sentire quel miscuglio di parole, così diverse tra loro, mescolarsi, pur tuttavia rispettendo i tempi e le pause, del Padre Nostro e dell'Ave Maria, fino a sembrare un unico linguaggio di amore e fratellanza.

Qualcuno aveva l'auricolare collegato al cellulare, per poter seguire la funzione che si stava tenendo dietro la chiesa.

Tutte quelle persone, sedute sui vari massi o a terra, con delle posture rilassate, che celavano in realtà la scomodità di quelle pietre appuntite, a piccoli gruppetti o soli, mi fecero venire alla mente alcuni affreschi che si vedono soprattutto nelle chiese.

Nei volti di quei personaggi dipinti da mani sapienti, Angeli, Apostoli o Discepoli, trasparivano beatitudine e pace, solo per il fatto di essere lì, ai piedi di un Gesù Cristo o di una Madre Celeste......

Recitammo anche noi, un paio di rosari, unendoci con la nostra lingua, al resto del coro e, devo dire, che quelle ore passarono velocemente.

Verso le 22.40, sentimmo una voce al microfono posto vicino alla grande statua della Madonna, dove si sarebbe fermato il veggente, che avvisava che da lì a poco lui sarebbe arrivato; si invitavano quindi i presenti a spegnere i cellulari e, all'arrivo del veggente, di fare silenzio totale, oltre al fatto di non fare assolutamente foto o riprese durante l'apparizione.

Probabilmente quella davanti a noi, oltre a non saper bene dove si trovava, era pure sorda, non aveva capito nulla di quello che era stato appena detto, perchè continuava a ridere e vociare.

Intanto calò il buio.

Ad illuminare c'erano solo delle luci artificiali, situate ai piedi della statua; **(3)** sollevai lo sguardo al cielo, e vidi uno stormo di uccellini, con dei riflessi argenterei sulla pancia, che svolazzavano sopra la statua della Madonna di pietra bianca: sembrava quasi che volessero annunciarne l'imminente arrivo.

Nel frattempo, tutta la collina si era riempita di persone; dovunque i miei occhi si posassero non riuscivo a scorgere spazi vuoti; facevamo tutti parte di un enorme tappeto umano.

Anche intorno alla pietra dove eravamo seduti si erano accalcati in tanti; quell'alberello, che pensavamo avesse potuto darci un pò di aria intorno, non aveva potuto fare un granchè.

Di fianco a Adam, c'era una coppia di spagnoli, e dietro e sul mio fianco destro, si era piazzato un gruppo di ragazzi e ragazze italiani.

Nel frattempo giunse l'annuncio che il veggente stava arrivando; calò il silenzio, e con lo sguardo lo cercai, ma nonostante, fossimo vicini a dove si sarebbe fermato, così tanta era la gente che in quel momento si era alzata in piedi, che non riuscii a vederlo.

Mi avevano detto, che come sempre, era circondato da frati e preti, che erano lì per proteggerlo, in caso ce ne fosse stato bisogno.

Il silenzio divenne impenetrabile e, come ci avevano raccontato, questo significava che la Madonna era scesa, e che gli stava parlando.

Durante questo completo black-out di suoni e respiri, iniziammo a sentire degli strani versi, che parevano il grugnito di un maiale.

A quel punto Adam fece un commento sottovoce " Il solito coglione che deve mettersi in mostra in qualche modo per attirare l'attenzione ", ma in risposta, il ragazzo spagnolo che gli era a fianco, gli rispose " No, se così fosse, farebbe cose più ecclatanti......, questo è reale ".

Intanto i versi aumentavano sempre più di tono, era un suono terrificante, la gente iniziò a girarsi verso il luogo da cui proveniva quel tremendo verso; io lo sentivo molto vicino a me, in direzione di Adam.

Mi sporsi un poco e vidi a circa un metro da mio marito, un ragazzo che grugniva, ruttava e si lamentava; i versi, l'espressione del suo volto e gli atteggiamenti lo facevano sembrare più animale che uomo.

Era orrendo, così distolsi immediatamente i miei occhi da lui, terrorizzata e tremante; alcune di quelle ragazze che stavano vicino a noi, ci strinsero le braccia, in cerca di conforto.

La paura e il panico, erano generali, tutti ci ammassammo a più non posso, uno contro l'altro, per cercare di creare una distanza, da quello che sembrava essere un mostro; sentivo il peso di quei corpi, su di me, ero impietrita.

Ma la cosa in assoluto più spaventosa, stava per capitarmi, iniziai a sentire dentro la mia pancia, un movimento d'aria, e dal mio stomaco sentivo arrivare, su verso la gola, dei rutti che chiedevano di uscire: mio Dio, cosa mi stava capitando........, anche io avrei iniziato a fare i versi di quel ragazzo?

Il mio primo pensiero fu, che avrei terrorizzato quelle ragazze che, attaccate a me, cercavano un senso di protezione.......

Provai con tutta me stessa a trattenere quei versi, e nel frattempo, avevo iniziato a stringere il rosario che avevo al collo, fino a farmi male alle mani, tanto era forte la presa.

Pregai a voce alta, piangendo, non ero l'unica, tutti quanti, intorno a noi, pregavano disperatamente, quell'Ave Maria era ripetuta da tutti, con voce vibrante di paura.

Diversamente degli altri, io però, non prestavo più attenzione a quel tipo, ma ero concentrata su di me; facevo di tutto, per non far uscire quei rutti, che ero sicura, poi, si sarebbero trasformati anche loro, in mostruosi grugniti.

Pregavo, pregavo e ancora pregavo, continuando a stringere quella croce del rosario, più forte che potevo.

Dopo qualche minuto, questa mia sensazione interiore si calmò, ma nel frattempo, la spagnola, che precedentemente disturbava, si chinò in avanti, con un flebile lamento e vomitò; intanto, quel ragazzo, si era accasciato a terra e si era placato.

Non so quantificare quanto tempo trascorse, forse una decina di minuti......, tutti poi, iniziarono a commentare sottovoce l'accaduto; qualcuno non riusciva a smettere di piangere, altri continuavano a pregare, e alcuni cercarono di alzarsi per andarsene, ma fu loro impossibile muoversi, visto il mare di gente.

Una voce al microfono, catturò l'attenzione di tutti; era la traduzione in più lingue, del messaggio che la Madonna aveva dato a Ivan.

Mi girai verso Adam, e vidi che quel ragazzo, era ancora accovacciato a terra, come se stesse riposando; intanto il veggente, stava lasciando il luogo, seguito dai suoi angeli custodi, e le persone, poco a poco, si stavano alzando da terra, e via via, incamminando verso il sentiero in discesa.

Adam mi disse che era meglio aspettere lì, fino a quando, la gran parte di quella folla non si fosse mossa, onde evitare il rischio di una caduta,

tenendo conto che era buio pesto, e che tutti sembravano avere una gran fretta di scendere, quasi a sembrare, una mandria di bisonti che si spostano, urtandosi uno con l'altro, incuranti del pericolo.
Mentre aspettavamo che l'orda si placasse, ci fumammo una sigaretta, commentando tra noi l'accaduto.
Gli raccontai quello che mi era successo, tremavo come una foglia dalla paura, solo ripensando al tutto, gli dissi, infine, che dentro di me, avevo sentito qualcosa di maligno, e che a fatica ero riuscita a non farlo uscire: quando saremmo tornati a casa, avremmo dovuto andare a fondo alla cosa, per capire cosa mi fosse accaduto.
Lui, a sua volta, raccontò che dopo aver sentito quei versi aumentare, ed aver capito da dove provenissero, quando si girò verso quel tipo, gli fu impossibile tenere lo sguardo su di lui, per più di alcuni secondi; notò che la parte bianca dei suoi occhi, era divenuta rosso sangue, e in quel preciso momento, terrorizzato anche lui, girò immediatamente la testa, comprendendo, così, che non era un ciarlatano, come aveva poco prima pensato, bensì un indemoniato.
Anche la donna davanti a noi, sicuramente, in forma più lieve, aveva subito qualcosa di malvagio, lei......., che pochi attimi prima, faceva la spavalda, con atteggiamenti di disturbo e poco rispettosi nei confronti di quelle persone che cercavano il silenzio, per potersi concentrare, ognuno nei propri pensieri.
Eravamo entrambi molto scossi dall'accaduto, io non sapevo bene che cosa mi fosse capitato, e non vedevo l'ora di andar via da lì, così, iniziammo ad avviarci verso il sentiero di ritorno.
C'era ancora tanta gente che si affrettava a scendere.
Nel buio della notte, l'unica cosa che si vedeva, erano le centinaia di palline di luce, emesse da tutte quelle pile, che le persone avevano portato con sè; ci impiegammo il doppio del tempo, rispetto a quando, qualche giorno prima, avevamo percorso il sentiero con la luce del sole; la paura di cadere era tanta, nel percorrere quella strada, così accidentata, praticamente alla cieca.
Quando finalmente fummo giù, per distoglierci da quell'episodio così negativo, chiesi ad Adam, che tipo di uccellini fossero quelli che volavano sulla statua, perchè con quei colori argentati, non ne avevo mai visti,,,,,,"Quali uccelli?, non c'era nessun volatile........", " Ma come..?!..?!..erano tanti e, anche se era gia buio, le luci della statua li rendevano visibilissimi, anzi, quei riflessi che avevano nella pancia, con la luce artificiale, sembravano brillare........", " Jana, non c'era assolutamente nulla in cielo, solo le stelle facevano capolino, in quel buio totale......., forse amore mio, hai assistito anche tu, ad una di quelle

stranezze....., che si vedono in questo luogo....".

Il pensiero di aver potuto vedere un segno della Madre Celeste, mi rasserenò, ma per poco, perchè, nel frattempo, eravamo arrivati all'inizio di quella scorciatoia che portava al casolare; un sentiero stretto, completamente al buio, tra siepi alte e una fitta e selvaggia vegetazione, che già normalmente, metteva paura a percorrerla di notte, figuriamoci dopo quell'esperienza......

La attraversammo quasi correndo, mano nella mano, ripetendo continuamente l'Ave Maria, perchè forse suggestionati, sentivamo delle presenze negative; finalmente dopo 5 minuti, sbucammo nel piazzale di casa San Giuseppe.

Ci sedemmo per qualche minuto, sotto al patio, nel frattempo, era arrivata anche Slvia con altre persone.

Parlammo dell'accaduto, e lei si scusò per non averci avvisato, disse che quelle cose, capitavano frequentemente; non bisogna aver paura di quelle persone, perchè sono delle anime che soffrono; può capitare a chiunque, se si porta un forte dolore dentro, di esplodere, nel momento che il veggente ha la visione; è come se il male che si ha dentro, stesse combattendo con il bene che arriva dal cielo......., quello che si può fare, è solo pregare tanto.

Io non dissi nulla, riguardo a quello che mi era capitato, ma quella notte, volli che mio marito si coricasse accanto a me, perchè avevo troppa paura,......e così ci sdraiammo abbracciati, e cercammo di dormire........

CAPITOLO 7°

La sveglia suonò alle 4.00, avevamo dormito poco o niente, non si stava molto comodi in due, su quel lettino, e i pensieri della serata precedente, avevano reso il sonno agitato.....
Le valigie erano pronte, ci vestimmo con gli abiti che avevo lasciato sulla sedia, e, dopo aver dato uno sguardo generale alla stanza, uscimmo.
Una volta scesi giù nel refettorio, facemmo colazione con quello che le signore della casa ci avevano preparato la sera prima; del pane, marmellate e delle caraffe di caffe e di latte......
Caricate tutte le valigie sul pullman, ci sistemammo negli stessi posti che avevamo occupato alla partenza, ma la donna che si era appena seduta, non era la stessa di prima, ebbene sì......, era così che mi sentivo, in sei giorni mi ero trasformata; un mutamento interiore aveva iniziato a farmi vedere le cose da una prospettiva diversa; quello che per me, prima era prioritario, ora non lo era più, le cose importanti erano diventate altre.......
Mi girai verso il finestrino del pullman, e fissai quel paesino, che piano piano, diventava sempre più piccolo, fino a sparire ai miei occhi.......; occhi che stavano diventando umidi per la tristezza; mi venne un barlume di paura, io a Medugorje avevo trovato Dio, in quel luogo mi sentivo a casa sua, protetta e al sicuro, ma, avrei continuato a sentirmi così bene, anche tornata a casa ......?
Quel senso di protezione e di benessere, sarebbe rimasto dentro di me, anche andando via da quel luogo?
Ripensai alle due persone che erano partite al posto nostro......
I primi giorni, arrivati a Medjugorje, ci sentivamo come in una gabbia, con dei matti al suo interno.
Scettici e sulle nostre, più attenti, in mezzo a quell'enorme folla, a guardarci borsetta e portafogli, piuttosto che a cercare di cogliere il senso del perchè fossimo lì.
Ma in realtà, i matti eravamo noi......, come avevamo, anche solo potuto credere, di essere soli, in questo mondo, e di potercela cavare, senza l'aiuto e il sostegno di Dio e di tutti coloro che vivono sopra i noi........
Questa esperienza ci aveva marchiato a fuoco; ora facevamo parte di un altro gregge, non più di quello fatto da pecore che seguono il resto del gruppo, non più di quelli che mettono al primo posto il proprio io, dove regna l'egoismo, e per i quali il successo e il benessere personale, sono al vertice, nella scala dei propri valori.
Tutto questo passionale fervore, mi rendo perfettamente conto, può essere scambiato per un totale invasamento, visto da una prospettiva poco, o per nulla credente; sfido però chiunque, a dubitare ancora, dopo

aver vissuto sulla sua pelle, quello che è capitato a noi.....

Tutte le varie stranezze da me vissute, passino pure per casi fortuiti o condizionamenti, dovuti ad un malessere interiore, questo lo concedo ai più San Tommaso, ma quello che era capitato ad Adam, la notte del mercoledì, assolutamente no.....!

Lei era apparsa, Lei lo aveva accarezzato, Lei aveva lasciato il suo profumo.....

Io stessa, poi, avevo avuto qualche piccolo dubbio...., del tutto umano, viste le mie origini e la mia educazione; ma ora, consapevole, che quelli erano gli ultimi colpi di coda del mio essere precedente e del mio rifiuto assoluto di credere a prescindere......

Ora, avevamo deciso, di far parte del gregge di Dio e le priorità erano cambiate, più amore, sicuramente per noi stessi, perchè senza quello, non puoi amare gli altri.

Avremmo però cercato più nella famiglia; avremmo riseminato il terreno del nostro rapporto personale, senza che questi, venisse offuscato da impegni di lavoro e quant'altro.

Mi girai a guardare il viso di mio marito, normalmente corrucciato e sempre ombroso, ora, era rilassato e bello, con quei suoi occhi, finalmente ridenti.

Pensare che volevo tagliare anche con lui, quando caddi in quel baratro, come volevo tagliare con tutto il resto.......

Ma ora no!........Lo volevo ardentemente al mio fianco, e con lui, volevo ricostruire la mia vita, seguendo però altre regole......., quelle del cuore.

Venni distolta dai miei pensieri quando arrivati alla dogana che dalla Bosnia passa alla Croazia, Adam mi chiese il documento da far vedere alla guardia, che stava salendo sul pullman, per i controlli.

Quando l'autista riaccese il motore, con un sorriso sul volto, feci un cenno di saluto a ciò che stavo lasciando alle mie spalle, con la promessa di ritornare presto da Lei, che aveva reso tutto questo possibile.

Decisi di chiudere gli occhi, e provare a fare un sonnellino, ma la guida, aveva iniziato una serie di canti al microfono, e sorridendo, pensai, che non sarei riuscita a dormire, ma non mi importava; la sua voce non era più insopportabile e, a mia volta, anche se non conoscevo bene quei canti, provai comunque ad unirmi al coro.

Verso l'una di notte, arrivammo sul posto di ritrovo della nostra città, trovammo la sorella di Adam e suo marito che ci stavano aspettando per riportarci a casa.

Eravamo stanchissimi, le nostre schiene, avevano risentito di tutte quelle ore di pullman così arrivati a casa, lasciammo le valigie in mezzo alla sala e ce ne andammo subito a letto, ci addormentammo quasi subito, uno nelle braccia dell'altro.

L'indomani ci svegliammo tardi; io disfeci i bagagli mentre Adam, attaccò i crocefissi, uno sulla parete di casa, ed uno in quella del locale di lavoro.

In un momento di relax, seduta sul divano, iniziai ad osservare la casa....... era accogliente e ben arredata, ogni angolo ed ogni oggetto, parlava di noi; l'avevamo sistemata con cura e rispecchiava le nostre personalità......., ma era come, se ora, io la vedessi fredda e vuota, mi mancava Medugorje, e se avessi potuto, sarei subito ripartita....., ora i miei occhi, guardavano tutto da una prospettiva completamente diversa; poi, pensai, che forse questo disagio, era la paura di affrontare questa nuova vita, qui....., dove era giusto che fosse.

Mi sentivo come una bimba, quando per la prima volta, si allontana da casa, per andare all'asilo......, sa che troverà tanti nuovi amici e nuovi giochi da fare......, ma sa anche, che gli mancheranno le coccole e le attenzioni della sua mamma.

Passato quel breve momento di malinconia, mi tirai su dal divano e dissi " Ok, se non posso andare io dalla mamma, porterò la mamma qui.......".

Non era tanto importante il luogo, ma quanto il fatto di tenere sempre aperto il cuore che avrebbe fatto da trasmettitore, facendo così arrivare a Lei, i miei pensieri e a me i suoi messaggi......

Non so dirvi se questa conclusione, fosse di già, un suo messaggio in risposta alla mia tristezza, o se io, avessi iniziato ad apprendere come usare questa via telematica celeste.......

Poco era importante, avevo comunque ricevuto!

Dopo un rilassante bagno, andammo a casa della sorella di Adam che ci aspettava per il pranzo.

C'erano anche i genitori di mio marito e mia madre.

I miei erano separati da diversi anni, ed io avevo tagliato i ponti con mio padre, praticamente non ci parlavamo da più di 5 anni.

Prima della separazione, io avevo un adorazione per lui, nonostante non fosse una figura molto presente, in lui cercavo, continue approvazioni e dimostrazioni d'affetto.

Quando però, si lasciarono, non approvai il modo in cui trattò mia madre, avevo accettato il divorzio, ma non condividevo la brusca rottura, fatta di malignità e di avvocati che dovevano fare da tramite, perchè ormai, era impossibile anche solo dialogare, ridurre a questo, trent'anni di matrimonio, dimenticandosi che una volta si erano amati, e che avevano messo al mondo dei figli......., era molto triste.

Una volta riacquistata la sua libertà, si era dimenticato che quella donna era stata la sua compagna di vita, ma soprattutto, si era dimenticato di avere dei figli; nell'arco degli anni, si era fatto vivo, con qualche telefonata, ma sempre sulla difensiva, o con toni di rimprovero........, non capiva che quello non era il modo giusto per riconquistarsi l'affetto e la stima dei suoi figli.

A me, era mancato in tanti momenti, ma mi ero giurata, che non l'avrei perdonato, avevo sofferto troppo per colpa sua.

A Medugorje, però, in un momento di preghiera, avevo promesso alla Madonna che, arrivata a casa, una delle prime cose che avrei fatto, era una telefonata a mio padre, come prova del mio impegno, nel voler migliorare come persona, e di lasciare, finalmente alle spalle, i miei vecchi rancori.

Perdonare........., perdonare tutti quelli che mi avevano ferito, questo era il mio impegno con la Madre Celeste.

L'atmosfera a pranzo era allegra; qualunque opinione avessero sulla nostra improvvisa conversione, erano comunque tutti felici di vederci così radiosi.

Avevamo portato dei rosari per tutta la famiglia, e passammo l'intero pranzo, e anche il dopo, a raccontare l'incredibile avventura che ci era capitata.

Anche i genitori di Adam non erano persone di chiesa e, durante il nostro racconto, devo dire che ci guardavano un po' perplessi.

Il padre era uno facile alla bestemmia, e Adam, ex bestemmiatore incallito, quel giorno, non so quante volte lo riprese, ad ogni imprecazione, seguiva un... " Papà..........?! "

La sorella, invece, seguiva con interesse il discorso, lei e suo marito, di quando in quando, partecipavano alla Messa.

Mi resi conto che non potevo pretendere, che delle persone non credenti, capissero quello che stavamo provando, o che, solo per il fatto di vederci così illuminati, di colpo trovassero a loro volta la fede; se questo racconto fosse stato fatto a me, prima che tutto ciò avvenisse, avrei avuto le stesse reazioni, se non addirittura peggio.

Sta di fatto, che i loro commenti o le loro espressioni, non riuscirono minimamente ad intaccare l'euforia e la gioia che stavo provando.

Nel tardo pomeriggio, ritornammo a casa nostra, attaccai delle lavatrici e misi su la cena; verso le 22.00 andammo a letto.

La stanchezza di quei sei giorni, così intensi, ed il lungo viaggio, si stava facendo sentire.

Io portai su in camera il mio rosario e lo misi sotto il cuscino, era come se questo mi facesse sentire ancora a Medugorje...........

CAPITOLO 8°

L'indomani, dopo aver fatto colazione, andai a prendere mia madre, come d'accordo il giorno prima, quando ci eravamo trovate per pranzo dai genitori di Adam, le avevo chiesto se volesse accompagnarmi in città.

Avevo deciso di andare in una chiesa, dove le confessioni potevano essere fatte, in una stanza privata, a quattr'occhi con il prete, io non volevo un confessionale; per raccontare quello che avevo vissuto durante l'apparizione, sentivo la necessità che il prete mi guardasse negli occhi; inoltre, mi era stato detto, che in quella particolare chiesa, eventualmente, se ce ne fosse stato bisogno, c'era un prete esorcista.......

Decidemmo di andare in pullman e, arrivate davanti alla chiesa, presi fiato...., ed entrammo.

Era una bellissima basilica, con degli splendidi affreschi, c'erano tante nicchie, che costeggiavano la lunga navata, ognuna in memoria di un santo.

Una in particolare, attirò la mia attenzione.

Notai, su uno di questi tabernacoli, tantissimi fiocchi azzurri e rosa, poggiati su di un piedistallo, qualcuno era accompagnato anche da una lettera.

Tutti quei fiocchi facevano da cornice ad un grande ritratto, appeso su di una delle pareti, il quadro raffigurava un giovanotto.

Lessi sulla targhetta: San Domenico Savio.

Avevo sentito che a lui, si rivolgevano tutti coloro che non riuscivano ad avere dei figli, o chi stesse affrontando una rischiosa gravidanza.

Stetti qualche minuto lì davanti, ma i miei pensieri erano altri, mi trovavo in quella chiesa, per un motivo preciso.

Cercai, come mi era stato descritto, la stanza delle confessioni, ma non la vedevo, stavano celebrando una messa e quindi non trovai nessuno a cui poter chiedere informazioni.

Mi avvicinai al confessionale, e una voce mi disse di accomodarmi.

Quando entrai, dopo aver salutato, tutto di un fiato chiesi " Padre........, io sono venuta di proposito in questa chiesa, perchè mi hanno detto che ci si può confessare senza separè......"; il prete, mi rispose " Questa grata, signora....., serve per proteggere entrambi......., lei può comunque dirmi tutto, io, l'ascolterò attentamente ".

Non era quello che volevo, avevo assolutamente bisogno che lui mi guardasse...., doveva cogliere se nei miei occhi, ci fosse un segno di malvagità, o che so io......., " No padre...., se lei non apre questo sportello, io me ne vado! ". Questo tono contestatorio, con degli estranei, non mi apparteneva....... ero stupita io stessa di questa esternazione, ma era la

disperazione che stava parlando per me......
Dopo qualche secondo di silenzio, lui riprese " Come vuole signora, lo dicevo per il suo bene ", e in quell'istante, aprì la grata.....
Mi raccontai, da quel 5 gennaio sino al viaggio a Medugorje......., ma lui mi interruppe, chiedendomi il motivo di quel pellegrinaggio.
In risposta gli dissi che non lo sapevo......., qualcosa mi spinse ad andare.
" Signora, nessuno va per caso a Medugorje......, lei o suo marito, in famiglia, avete dei parenti, ora defunti, che erano persone di chiesa, insomma, particolarmente credenti? "
Questo suo commento su Medugorje, mi diede la conferma che mi ero rivolta alla persona giusta.
Sapevo, che molti preti non vedevano di buon occhio, questo enorme esodo di pellegrini, che in questi ultimi dieci anni si era visto, in quel paese, forse, perchè la Chiesa non aveva ancora dato, ufficialmente, il suo benestare, quindi tanti pastori ci andavano con i piedi di piombo nel considerarla sacra come una Lourdes o simili.....
Feci mente locale, poi gli dissi, che entrambi le nonne di mio marito, erano molto religiose, in particolare la nonna paterna; sembrava un generale, tante erano le medagliette, con immagini di santi e di Madonne, che portava puntate sulle vesti; aggiunsi poi, che da parte mia, c'era uno zio sacerdote, fratello della nonna paterna, che tra l'altro ci aveva sposati, nonostante non stesse già bene; un paio di anni dopo, morì.
Un sacerdote in una famiglia di comunisti convinti? Vista così, si poteva immaginare la scena di un Peppone e un Don Camillo......
Racconto un aneddoto, che spiega molto bene, il rapporto di mio padre con i preti.
Avrò avuto all'incirca dieci anni, abitavamo dietro alla chiesa, e una sera d'estate, dopo cena, stavamo guardando la tv, le finestre erano aperte, quando, ad un certo punto, sentimmo dei rintocchi di campane, il suono era talmente forte che non si riusciva a sentire il televisore.
Il prete aveva messo degli amplificatori per fare udire all'esterno un disco, la cui musica era prodotta esclusivamente da campane, mio padre prese il telefono e lo chiamò.
Inveiva contro di lui dicendogli che se avesse voluto sentire la messa o le campane, sarebbe andato in chiesa.....ma il prete replicava, con le sue ragioni. Per farla breve, mio padre prese il giradischi, lo portò sul balcone e con il volume a tutto spiano, mise su un disco....Bandiera rossa.
La gente si affacciava via, via, dai vari palazzi, ridendo a crepapelle, non vi dico la vergogna che provai.......
Il prete, tra l'altro, era anche il mio maestro di religione, figuratevi

quando poi, mi incontrò a scuola......

Questo era il modo di porsi di mio padre, nei confronti della chiesa, e di chi ne faceva parte.......

Con Don Giuseppe era un'altra storia, c'era una stima e un grande affetto, tra lo zio e i suoi nipoti, mio padre compreso.

Lo zio viveva da molti anni, in un centro d'accoglienza per bimbi down o con altre malformazioni, bambini che, abbandonati al loro triste destino dai loro genitori, venivano amorevolmente assistiti in questa casa, gestita da suore e da Don giuseppe.

Aveva passato la sua vita aiutando queste persone, e questo veniva lodato e apprezzato da mio padre e dai suoi fratelli, i quali, vedevano in questo uomo di chiesa, non un nemico di partito, bensì, un uomo che donò la sua vita ai più bisognosi.

A sua volta anche lo zio, da persona intelligente, quale era, conoscendo le idee politiche e l'ateismo dei suoi nipoti, non faceva prediche o quant'altro, perchè rispettoso del loro pensiero.

Io, personalmente, non lo conoscevo bene, risiedeva in un altra regione; l'avevo incontrato, una volta da ragazzina, nel centro che seguiva, e poi, l'avevo rivisto il giorno del mio matrimonio.

Chiesi al prete, perchè mi facesse quella domanda, " Come le dicevo, in quei luoghi non si va per caso, qualcuno, da lassù, ha intercesso per lei....... e penso, molto probabilmente, lo zio sacerdote.....".

Non capivo......., mi stava forse dicendo, che lo zio, sentendo la mia richiesta di aiuto, aveva fatto da tramite tra me e la Madonna?

Questo significava che non c'è una fine alla parola morte......., che veramente, quando il corpo smette di respirare, inizia la vita eterna......., e che, da lassù, si continua a vegliare sui propri cari........., e che in qualche modo, è anche possibile intervenire in loro aiuto.......?

Per me era difficile incamerare tutte queste novità, il mio, non era più scetticismo; in queste due settimane mi ero scontrata con tante situazioni, inizialmente assurde, che mi avevano fatto conoscere una nuova realtà; avevo solo bisogno di un po' più di tempo, per metabolizzare il tutto.

Interruppi immediatamente i miei pensieri alla curiosa domanda che il prete mi stava ponendo......., " State bene, economicamente?, Avete dei risparmi da parte?" non capivo cosa centrasse questo......, ma gli risposi, che i nostri guadagni, coprivano a malapena le spese, spesso, non si poteva andare in vacanza, ma che comunque, il necessario non ci mancava......."

" Lei..., ha guardato fisso negli occhi, quella persona.....durante l'apparizione? ", " Solo un attimo, ma anche mio marito, e lui non ha avuto........", mi interruppe " Lo sguardo può far passare il male da una

persona all'altra, ma non capita a tutti; solo chi ha una grande sofferenza nel cuore, è più recettibile......, e in questo caso, lei era più debole, più predisposta a ricevere......"
Dopo una piccola pausa, continuò " In seguito, ha fatto dell'aria, o ha ruttato? " io feci cenno di no, ma probabilmente, vide dalla mia espressione che mi stavo agitando, e riprese subito " Stia calma, da come mi ha detto, lo ha guardato solo per un brevissimo istante, quindi, penso che abbia ricevuto, poco o niente, ora, io reciterò una speciale preghiera in latino, nel caso in cui, lei avesse preso qualcosa da quell'uomo........, mi dia la mano.....
Cominciò, così, a pregare in latino e dopo qualche parola, io iniziai a scoppiare in un pianto disperato, come quello di un bimbo che sta male, o cerca consolazione.....: era uno di quei quei pianti, i cui singhiozzi fanno sobbalzare l'addome, fino a far male, non riuscivo più a calmarmi, ma nemmeno ci provavo perchè sentivo che quelle lacrime erano liberatorie.
" Ora.....può andare e stia tranquilla....., se c'era qualcosa, l'abbiamo eliminata ", Riprese a dire quel prete.
Non sembrava particolarmente colpito dalla mia reazione...., e poi, le sue domande, erano state dirette e precise, come quelle di uno che sa il fatto suo.
" Posso immaginare quante ne ha viste, di queste situazioni ", pensai.
Io avrei voluto stare ancora un po' lì, mi vergognavo ad uscire dal confessionale in quello stato, chissà come erano conciati i miei occhi, me li sentivo pesti e gonfi; mi chiedevo, se qualcuno lì fuori, in coda, avesse sentito il mio pianto....., " Che mi importa....", pensai, e uscii cercando di pulirmi alla bene meglio gli occhi, che sicuramente erano divenuti neri, per il rimmel.
Mia madre, mi venne incontro, con un'espressione preoccupata " Cosa è successo? Non uscivi più da lì........, ti sentivo piangere...."; " Adesso usciamo, poi ti racconto....", le risposi, frettolosamente.
Ci incamminammo verso la fermata del pullman e iniziai a raccontarle tutto, il suo sguardo, era tra l'incredulo e lo sconcertato, non sapevo bene fino a che punto credesse a tutto ciò che ci era capitato, a me e a Adam.
Lei, come mio padre, non era di chiesa e non aveva una buona opinione dei preti, da ragazzina, aveva ricevuto delle molestie sessuali da uno di questi e purtroppo, poi, come spesso accade, l'immagine e la credibilità stessa dell'Onnipotente, viene offuscata e sporcata per colpa delle debolezze umane.....: Tuttavia, in lei ora, prevaleva l'amore di mamma, era realmente preoccupata.
Quella sera, andammo nuovamente a letto presto, l'incontro con quel prete, mi aveva spossata.

(4) Avevamo da poco spento le luci e stavamo per addormentarci, quando iniziammo a sentire delle strane cose.

Non so descrivere quello che percepivamo entrambi, c'erano degli strani rumori in tutta la casa, non erano i soliti cigolii, a noi familiari, dato che abitiamo in un sottotetto con le travi in legno, e quindi i rumori di assestamenti e di dilatazioni, soprattutto la notte, con gli sbalzi di temperatura, sono del tutto normali.

Era come se qualcuno stesse spostando delle cose pesanti, ma il rumore che si sentiva, era cupo.......soffocato, come se arrivasse da lontano, c'era anche la sensazione di spostamenti d'aria, come quando una persona ti passa vicino, correndo, e così facendo smuove l'aria intorno a te.

Sentivamo entrambi un atmosfera negativa, Adam accese la lampada sul comodino, ci guardammo intorno, ma non si vedeva nulla, così spense la luce, ma quelle, diciamo vibrazioni negative, ripresero......., con più forza.

Adam si agitava nel letto, e a un certo punto, disse a voce bassa " Vedo una luce color bianco-oro, lì.......sulla parete.....", io dissi " Ma quale luce........Adam che succede? ", lui accese nuovamente la lampada, era sudato, e aveva la pelle d'oca sulle gambe, si guardava intorno, era nervoso e impaurito.........spense la luce, ma entrambi continuavamo a percepire la presenza di qualcuno o di qualcosa, che girava intorno a noi, poi, lui disse nuovamente " La luce è di nuovo qui, sulla parete, è più grande ed intensa......., la vedi? ", " No, non vedo nulla, Adam smettila! Mi stai facendo paura........", lo supplicai, stringendo forte, il rosario che avevo sotto il mio cuscino; " Non ti sto contando balle, la vedo quando è buio, anche con gli occhi aperti........, è come una sfera di luce d'oro, che brilla intensamente., ma che diavolo sta succedendo.....", replicò lui.

Avevo sempre più paura, lo vedevo stravolto, possibile che avesse delle allucinazioni? Ma comunque, i rumori li sentivo anche io......; c'era la sensazione di qualcosa di malvagio, come quando uno guarda un film dell'orrore, e poi, a letto, prova la stessa angoscia e paura della vittima protagonista di quel film.

Accendemmo la luce grande e ci fumammo una sigaretta, affacciati al lucernario aperto, della stanza, cercammo di calmarci, di riprenderci, ci guardammo intorno, entrambi non capivamo cosa stesse succedendo.......

Tornammo a letto, e appena la luce si spense, riprese intensamente, quella sensazione di qualcuno fra noi........; " Adam, lo senti? Voglio andare via, ho paura.........cosa sta succedendo? Andiamo a dormire da mia madre.......".

" Tesoro.....", disse lui, con una improvvisa ed inspiegabile calma " Stai tranquilla, c'è di nuovo la luce........è bellissima.., qui, c'è qualcuno che non ha gradito il crocefisso che ho messo, non ha gradito il viaggio che abbiamo fatto.....e il nostro conseguente cambiamento.........", continuò a voce più alta, come a voler ribadire un messaggio a qualcuno, " Ma non preoccuparti.....sta facendo le valigie....", e iniziò a pregare " Smettila Adam, che cavolo stai dicendo, chi sta facendo le valigie.......voglio andare via....".

Nel momento stesso, in cui io gli stavo chiedendo spiegazioni, quei rumori, cessarono, e con loro, la sensazione di negatività.

Terminato di recitare l'Ave Maria e il Padre Nostro, si rivolse a me......" C'era una presenza malvagia......a cui non è piaciuto questo nostro improvviso cambiamento, si stava agitando alla presenza di tutti questi crocefissi e rosari...., probabilmente, anche la confessione che hai fatto stamane, a quel prete, lo ha innervosito, ma quella luce..... non so...... probabilmente la Madonnina o qualche Angelo Custode,......... l'ha messa in fuga!", poi continuò " amore, era bellissima......, una sfera di luce dorata che aumentava di intensità e di volume....mai, in vita mia, ho visto qualcosa di così bello ed emozionante........".

Io ero ammutolita, come faceva ad essere così convinto di quello che diceva....., poco prima, anche lui, come me, era agitatissimo, poi, tutto di un tratto, aveva trovato la forza per riprendersi e pregare.

Non riuscivo a crederci......, sta di fatto, che poi, tutto quel trambusto era svanito, e poi, quella luce....., io non avevo visto nulla: possibile che fosse tutto vero? Pensai, però, che dopo quello che ci era capitato a Medugorje, tutto fosse possibile......

Dopo un'altra sigaretta, e le riflessioni su quello che era accaduto, riuscimmo finalmente a prendere sonno.

Tra la precedente esperienza dell'indemoniato, durante l'apparizione e quello che era appena capitato, quella notte, avevo preso coscienza che il male, inteso non come quello prodotto da noi esseri viventi (...e che già solo quello basterebbe), ma quello che arriva dalle tenebre, esiste......, è invisibile e sottile, ma per questo, più infido e pericoloso.

Se però, si riesce a coglierlo, è più facile da combattere, rispetto a quello terreno, perchè bastano delle preghiere ed un rosario.........

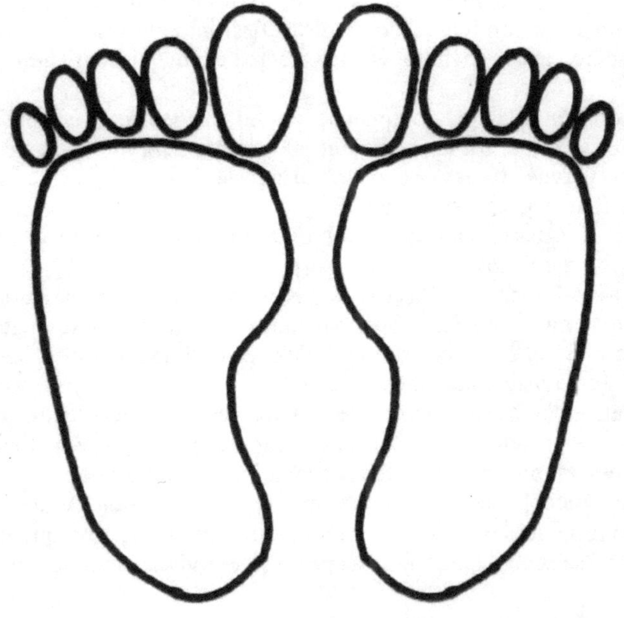

CAPITOLO 9°

La settimana passò tranquilla.

Se c'era stata della negatività, a casa o nel locale di lavoro, o qualunque forma di male, invidia o quant'altro, tutto ciò, sembrava essere svanito, quell'incontro con il sacerdote, i crocefissi in bella vista e il rosario sotto il cuscino, avevano fatto da deterrente, e noi, ci sentivamo protetti e sereni.

Ricordo d'aver letto, da qualche parte, che Padre Pio, considerava il rosario, un'arma, tra le più potenti al mondo, e io, me ne stavo rendendo conto, perchè bastava che la stringessi tra le mani, e qualunque sensazione negativa svaniva.

Arrivò il sabato, giorno in cui avevamo appuntamento da Silvia, la Kinesiologa, conosciuta a Medugorje.

Non avevo idea in che cosa consistessero quei trattamenti, ma non vedevo l'ora di iniziare: Speravo tanto che lei riuscisse a guarirmi da quella infezione che era sopraggiunta, e che impediva di procedere, con quell'ultima inseminazione.

Arrivati all'indirizzo che ci aveva dato, venimmo accolti da suo marito, un omone, rispetto a lei, così esile e minuta, cordiale e simpatico, il quale dopo essersi presentato, ci fece accomodare in uno studio.

Era una piccola stanza con una scrivania in un angolo, e dietro ad essa, una libreria stracolma di libri, un divano, un lettino tipo quelli usati per fare massaggi, e tanti, tantissimi libri e riviste, che riempivano ogni spazio.

Immagini e statuine della Madonna, davano chiaramente il senso, di quanto forte fosse il suo credo.

Sopra ad una credenza vi trovavano posto, un'infinità di botticini di vetro e, le pareti erano quasi del tutto coperte, da diplomi e attestati vari.

La stanza era in penombra, perchè la finestra si trovava sotto un pergolato, e quindi il sole vi entrava a fatica.

Il tutto, inizialmente, dava un senso di enorme caos, perchè troppi erano gli oggetti che quella piccola stanza doveva contenere.

A differenza, però, degli attuali studi medici, arredati in stile moderno, dove tutto sa di freddo e distaccato, quell'ombroso e caotico stanzino, dava la sensazione di casa, di intimità; sembrava uno di quei vecchi ambulatori di paese, dove la parola ordine, di sicuro, non la faceva da padrona.

Un ammasso di libri impolverati regnava al posto del più moderno e freddo computer; nell'aria aleggiava l'odore di tutta quella carta scritta, che, riportava alla mente, un profumo di cultura e antica sapienza.

In quella stanza, dove tutto era così confuso e fuori posto, ci vedevo chiaramente, la personalità di Silvia, non perchè lei fosse confusa, anzi, il contrario, ma riuscivo perfettamente ad immaginarla, seduta, con i piedi appoggiati alla scrivania, la sigaretta che si fumava da sola sul posacenere, mentre lei era intenta a divorare un nuovo libro, o a cercare disperatamente qualche appunto, che si era persa, in quell'ammasso di fogli, buttati qua e là.

Poco dopo, ci raggiunse nello studio, e con un caloroso abbraccio, ci diede il benvenuto.

La prima ora passò velocemente, le sue domande erano mirate, cercava di conoscere il più possibile di me: chi ero, cosa facevo, cosa mangiavo, come dormivo, quali erano i rapporti con la mia famiglia e quali erano i problemi fisici e mentali.

Cercai di rispondere il più chiaramente possibile, anche se di alcune cose, mi veniva difficile.

Terminata la mia anamnesi, iniziai a raccontarle tutto il percorso medico, psicologico, dalle due precedenti inseminazioni, alla sopraggiunta infezione.

La conversazione tra me e lei fu del tutto naturale e, direi anche piacevole; sebbene la conoscessi appena, dai suoi ragionamenti, traspariva una notevole competenza, sia sul piano psicologico che su quello medico.

Silvia mi rese facile aprirmi completamente, dal 5 gennaio sino alla splendida esperienza di Medugorje.

Nei suoi occhi non c'era compassione, ma una infinita tenerezza: Alle mie domande, su questioni a me incomprensibili, dava delle risposte così semplici, da sembrare quasi banali.

In effetti, chissà perchè, quando talvolta uno cerca delle risposte o una soluzione, a qualcosa che è accaduto, fà mentalmente, le più complicate e contorte supposizioni, quando in realtà, spesso, capita di avere le risposte proprio davanti agli occhi, ma non si riesce a vederle.

Silvia parlava di aura sporca, di Chakra e di Angeli; io e Adam la guardavamo perplessi, la ascoltavamo attentamente, ma non so, fino a che punto comprendessimo il tutto, quando poi, poco prima di farmi sedere sul lettino, mi spruzzò addosso una essenza, e a occhi chiusi, iniziò a gesticolare con le mani, girandomi tutto intorno, mi venne da sorridere, mi sentivo ridicola........, mi sembrava di prendere parte a una danza propiziatoria indiana (io, naturalmente, ero quella con lo spirito maligno, che lo stregone cercava di fare uscire dal mio corpo).

Disse che mi stava pulendo l'aura.... o il cosmo o che sò io........, veramente a quel punto, mi ero già persa.

Speravo proprio di non essere capitata nelle mani di una presunta fattucchiera o guaritrice, che approfittava del mio stato d'animo, per abbindolarmi (mi venne subito in mente, Striscia la Notizia, quando parla di certi ciarlatani).

Per fortuna, c'era anche Adam, che sicuramente, più lucido e più scettico di me, avrebbe captato eventualmente, qualunque forma di imbroglio o raggiro........, e allora........by by......, fattucchiera Silvia.

Mi fece sdraiare sul lettino, e dopo avermi coperto con un plaid, stette più di mezz'ora ad osservare i miei piedi, muovendoli leggermente all'interno, uno verso l'altro, e prendendo di continuo appunti, su un quaderno.

Non era digitopressione, quella che praticava, come normalmente fa un reflessologo, si limitava a muoverli e a lasciarli andare.

Mi punzecchiò alcuni punti delle mani e dei piedi e, sulle zone che a me facevano più male, fissò con dei cerotti delle pietroline, disse che erano fatte di un materiale fortemente recettivo, un brevetto giapponese........, non prima però, di averle imbevute in un liquido, preso da una di quelle botticine poste sulla credenza.

La botticina da me scelta, o per meglio dire, scelta dal mio corpo, (così disse lei) fu quella del trauma.

Tutte quelle essenze, facevano parte dell'Aurasoma; mi spiegò, che erano dei concentrati derivati dalla natura, che un tizio, dopo infiniti studi, aveva scoperto essere benefici per varie patologie, il terapeuta, trattando il corpo del paziente, riusciva a decifrare quello che quest'ultimo chiedeva, per essere curato.

Mi domandavo, però, cosa centrasse quella botticina con me, non avevo traumi, ma una brutta infezione che impediva di sottopormi ad un'altra inseminazione.

Dopo avermi posto quelle pietre nei punti prescelti, spense la luce, e mise su di un lettore, un cd di musica tipo new age, si avvicinò a me e, carezzandomi la testa, mi disse di non aprire gli occhi per nessun motivo, poi si allontanò.

Sentivo la presenza di mio marito che sedeva sul divano accanto, cercai di rilassarmi, senza pormi troppe domande, e poco dopo ci riuscii.

Dopo circa un quarto d'ora, iniziai a sentire degli impulsi alle mani, i nervi iniziarono a farle muovere, indipendentemente dal mio cervello.

Questi, diciamo impulsi, perchè non saprei come altro descriverli, poi passarono alle braccia, prima una e successivamente l'altra si liberarono della coperta, e iniziarono a muoversi per aria.

Non capivo........, non ero io a comandare quei movimenti, volevo però capire cosa stesse succedendo, e quindi non opposi resistenza.

Da lì a poco, questi spasmi muscolari e nervosi, si estesero a tutto il resto del corpo, diventando sempre più frenetici e scattosi, i muscoli delle gambe si stiravano e tremavano per la tensione, le braccia si agitavano freneticamente in aria, e l'addome si contraeva e poi sobbalzava.

Ero come in preda ad una crisi epilettica, ma perfettamente conscia, di tutto quello che il mio corpo stava facendo.

A quel punto, anche avessi voluto, non riuscivo più a fermarlo, era come se non mi appartenesse più, non avevo più controllo su di lui.

Ero sfinita, avevo male all'addome e a tutti i muscoli del corpo.

Come se non bastasse, la mia bocca si spalancò e dalla gola uscirono dei versi sforzati e incomprensibili, sembrava che quella voce, che non riusciva a trovare sbocchi, arrivasse dalla pancia, perchè questa, si contraeva ogni qual volta la gola sforzava, la bocca subito dopo, si spalancava; alla fine, però, ne uscivano solo dei versi, come quelli di una persona sordomuta che cerca di parlare.

La paura data dal fatto di non riuscire a controllare più me stessa e la vergogna di quel mio atteggiamento da allienata, con mio marito e Silvia lì presenti, che mi stavano guardando, mi mandò in tilt, non ero nemmeno più in grado di ragionare.

Finalmente Silvia mi si avvicinò, mi accarezzò ripetutamente la testa ed il viso, come a volermi rassicurare, ma io, pur provandoci, non riuscivo ad arrestare quegli spasmi, allora lei, mi mise delle gocce in bocca, che mi fecero pian piano calmare.

Avevo il viso bagnato di lacrime ed ero sudatissima.

Aprii gli occhi, e lei, era china su di me, continuava ad accarezzarmi la testa ed il viso, e mi sussurrava di stare tranquilla.

Ricordo ancora, quanto, quelle carezze e quelle parole sussurrate, mi fecero bene, erano calde e materne.

Penso che proprio in quell'istante, iniziò quel meraviglioso legame, che ancora oggi, c'è tra di noi.

Quando, dopo essermi ripresa, le domandai cosa fosse successo e cosa significasse tutto ciò, lei, non diede molte spiegazioni, si limitò, a dire che c'erano dei blocchi e che il mio corpo stava cercando di espellerli.

Si mise al fondo del lettino, davanti ai miei piedi, toccandoli, osservandoli e prendendo appunti.

Infine, terminata la seduta, mi consigliò di prendere degli integratori, disse che ero carente di tante vitamine e minerali e che il mio fisico, giù di tono, le stava richiedendo.

Ci salutammo, dopo aver fissato un altro appuntamento per la settimana successiva.

Quando salii in auto, ero distrutta: Dire che forse due ore di palestra intensiva mi avrebbero stancato di meno, non era affatto esagerato.

Mentre tornavamo verso casa, Adam disse " Quando hai iniziato ad agitarti in quel modo, e a fare quei versi strani, mi sono alzato di colpo dal divano, ma Silvia mi ha preso per un braccio e, facendomi segno di tacere, mi ha bisbigliato, di stare tranquillo......., ero preoccupato vedendoti così...."; io cercai di spiegargli, cosa avevo sentito dentro di me, che non era la mia volontà, a farmi fare quei gesti e tutto il resto; il corpo si era separato dal cervello e aveva preso una sua identità.

Decidemmo infine, che avrei continuato con le sedute, perchè, se inizialmente c'erano stati dei dubbi, la mia reazione, sebbene non sapessimo da cosa dipendesse, aveva sciolto ogni perplessità.

La settimana passò abbastanza bene, ma quando si avvicinò il giorno della seconda seduta, io iniziai ad agitarmi......., e se avessi reagito nuovamente così?

Come pensavo, il secondo trattamento, fu come il primo, stesso botticino, stesse reazioni....., ma questa volta, i movimenti del mio corpo, erano più precisi, più facili da decifrare....., sembrava che io volessi difendermi da qualcosa o da qualcuno, le braccia svolazzavano nell'aria, le mani erano a pugno serrato, come a voler picchiare, le gambe si rannicchiavano al resto del corpo, in posizione chiusa, come per difesa, per protezione.....

La stessa voglia di voler parlare e gridare senza riuscirvi, le gocce per farmi calmare e la stessa spossatezza finale.

L'abbraccio di Silvia, i saluti e le sue raccomandazioni, prima del successivo appuntamento.

La domenica decidemmo di andare a pregare San Domenico Savio, nella chiesa dove ero stata qualche settimana prima.

Adam sapeva di quale chiesa io parlassi, ci eravamo passati davanti, varie volte, e conosceva bene la strada.

Oltre al nome della basilica gli avevo dato, come riferimento, delle indicazioni sul percorso, che avevo fatto in pullman, con mia madre, io non ero molto pratica della città, e di mio, non ho un buon orientamento, ma ciononostante, lui sembrava aver capito.

Sta di fatto che non riuscimmo a trovarla; (5) come era possibile........, lui sapeva benissimo di quale chiesa io parlassi, ci era passato davanti centinaia di volte, ma........apparentemente, si era fatto confondere dalle mie indicazioni.

Mentre camminavamo avanti e indietro, sul corso principale, iniziammo a discutere, ed era da un po' di tempo, che questo non accadeva; " Tu mi parli di una chiesa, ma mi dai delle indicazioni del cavolo........", "Ma tu hai capito di quale parlo, posso essermi confusa riguardo a che altezza si trovi....io arrivavo in pullman......, che c'entra questo, se tu hai detto che

la conosci.......".
Ad un certo punto, lo bloccai, prendendogli la mano, " Adam......, è davvero strana questa tua confusione....., ci siamo passati davanti migliaia di volte, tu conosci benissimo questa zona.....pensaci....., forse c'è qualcuno che non vuole farci arrivare e ci sta facendo girare in lungo e in largo, come dei matti.....e litigare come da tempo non accadeva.....", " Sai......, ho pensato la stessa cosa...." rispose lui, perplesso.
Proprio in quell'istante, ci trovammo in una piazza dove, imponente tra i palazzi, si ergeva la grande basilica, ci avevamo girato intorno senza vederla.
Io, ancora oggi, sono convinta, che quella negatività o presenza malvagia, chiamiamola come vogliamo, che è sempre presente nella vita di tutti noi, in continua lotta contro il bene, cercando di farci agire negativamente, ci aveva messo lo zampino e penso anche che quella stretta amorevole delle mani, avesse annullato il suo potere su di noi.
Finalmente dentro a quella splendida basilica, ci portammo innanzi al tabernacolo di San Domenico Savio e ci raccogliemmo in un silenzio che racchiudeva tutte le nostre preghiere e speranze.
Uscimmo dopo aver assistito alla messa, sereni e riappacificati.
Le varie sedute da Silvia si susseguirono, con una cadenza di quindici giorni.
Ognuna, era la copia della precedente, ma ogni volta, si aggiungeva un dettaglio o un segno più chiaro ed il messaggio che il mio corpo voleva darci, era sempre più eloquente.
Non vi erano più dubbi, avevo l'atteggiamento di chi subisce una violenza sessuale, le gambe serrate, le mani che bruscamente, prima picchiavano in aria, poi, scostavano violentemente qualcosa dalle parti genitali, e poi ancora, si portavano sul viso, come a coprirlo per proteggerlo.
Altri gesti, invece, sembravano voler imitare l'aggressore, le mani si portavano alla gola, come per strangolarmi, poi, il dito indice, sulle labbra socchiuse, come a voler dire " Silenzio! "
A tutto ciò, si univa la sensazione della presenza di un cane, che mi girava intorno o mi leccava il volto, a oggi, io ho una paura folle dei cani.
Era tremendo per me, assistere, e nello stesso momento, essere la protagonista di quei gesti e atteggiamenti.
Avevo capito, che si trattava di qualcosa di violento, vissuto da me, tuttavia, pur sforzandomi di ricordare, nella mia mente non affiorava nessuna immagine di ciò.
Arrivò poi, la seduta più rivelatrice, quando insieme a tutti queste sempre

più intense reazioni, finalmente, da tutti quegli sforzi di gola, uscirono le prime parole chiare.

La cosa scioccante fu non tanto quello che dicevo, ma con che voce io parlassi......, quella di una bimba, che sta appena imparando a parlare.

Per le mie orecchie fu davvero troppo........, provavo una compassione ed una infinita tenerezza, per la bambina che ero stata, povera creatura......, che cosa le avevano fatto......(parlo in terza persona, perchè non ricordando nulla, è come se ciò, non mi appartenesse).

" Mamma......paua, papà aiuto, butto....va via, cattivo via via...", queste erano le poche frasi, ma molto chiare, che io ripetevo di continuo.....

Mentre in quel lettino, il mio corpo, riviveva tutto questo, dai miei occhi scendevano fiumi di lacrime......, quanto devo aver avuto paura......e poi..... chi era quel bastardo che mi aveva fatto questo.......

Arrivò anche il giorno che io pronunciai il suo nome, ma per quanto mi sforzassi di ricordare......, non avevo la più pallida idea di chi fosse....., avrei chiesto poi, ai miei genitori.

Una quindicina di anni fa, mi ero rivolta ad un Reflessologo, molto rinomato, per curare una serie di problemi fisici, dopo alcune sedute, lui aveva dichiarato con estrema certezza, che il mio corpo segnalava una violenza subita, in età infantile, siccome io non avevo avuto reazioni così ecclatanti, come da Silvia, la cosa, sebbene mi turbasse, non mi convinceva, quindi, avevo deciso di interrompere le sedute, pensando, che lui avrebbe potuto dire qualsiasi cosa, ma non avendo riscontri, per me, la sua sparata, era impossibile da accettare.

Alla fine della seduta, Silvia, come al solito, mi coccolò con una infinità di carezze e baci, in quella seduta, furono ancora più preziose, perchè era come se le stesse facendo a quella piccolina, che aveva subito quel dolore, più che a me, adulta.

Quando un giorno le chiesi di darmi un suo parere, su cosa fosse accaduto di preciso, mi disse " Non è detto che sia stata una violenza sessuale, intesa come stupro......., potrebbe anche trattarsi di una molestia, che anche se meno grave e invasiva, vissuta però, da una bimba, che non sa cosa significhi o cosa sta succedendo, ma ne percepisce il pericolo........è comunque orrenda.......e grave; la cosa importante, ora, è che tu, tesoro mio, non ti ostini, su cosa e perchè questo sia accaduto......., ma devi solo cercare di fare uscire il più possibile di questa esperienza dolorosa, dal tuo corpo....., paragona il tuo dolore a dei mattoni...... e fanne uscire più che puoi ad ogni seduta.....".

Non era più importante, sapere cosa fosse successo, faceva ormai parte del passato......., ed il soffrirne anche solo al pensiero, non avrebbe giovato alla mia guarigione, anzichè buttarne, di mattoni, ne avrei

aggiunti altri, questo in sintesi, era quello che cercava di farmi capire.
Riflettei molto sulle sue parole......
A quel punto, non era nemmeno più importante, sapere a chi appartenesse quel nome......
Parlammo molto, io e Adam, di quell'ultima seduta, anche lui era rimasto molto impressionato, soprattutto nel sentirmi parlare come una bimba di circa tre anni, le frasi e il timbro della voce erano sicuramente quelle di una bimba molto piccola.......
Era incredibile, come il cervello avesse rimosso, mentre il corpo, continuava a custodire quell'orribile segreto.
Ora finalmente mi era chiaro, il perchè l'addome sussultasse in quel modo, ogni volta, prima di parlare: Quel centro emozionale, custodiva una verità, che chiedeva disperatamente di uscire.
La mia timidezza e le mie insicurezze, che mi facevano sentire, continuamente, inferiore a tutti, il non sentirmi mai all'altezza nelle varie situazioni o prove, che talvolta, la vita ti mette davanti, la mia colite cronica, la cattiva digestione e forse anche il fatto, a questo punto, di non voler rimanere incinta, tutto quanto, poteva benissimo, derivare da quel blocco che mi portavo dentro.
Era inesorabile che lo shock da me vissuto, avesse portato delle conseguenze, più o meno gravi nel tempo.......
Avevo letto da qualche parte che i traumi o i dolori non superati possono essere, in alcuni casi, causa dell'indebolimento di un organo, sino a farlo ammalare, facendo subentrare, in seguito, persino delle forme tumorali.
Questo è paragonabile ad una pentola a pressione che scoppia, nel caso la valvola di sicurezza non funzioni bene.
Tutte queste sedute, legate al botticino del trauma, andarono avanti per circa 5 mesi, nel frattempo, ero guarita dall'infezione e quindi mi sottoposi alla terza inseminazione.
Il 21 ottobre 2011, mi vennero prelevati 9 ovociti, ma nonostante le più fervide e vive speranze, legate a quel pellegrinaggio, anche questo tentativo non funzionò.

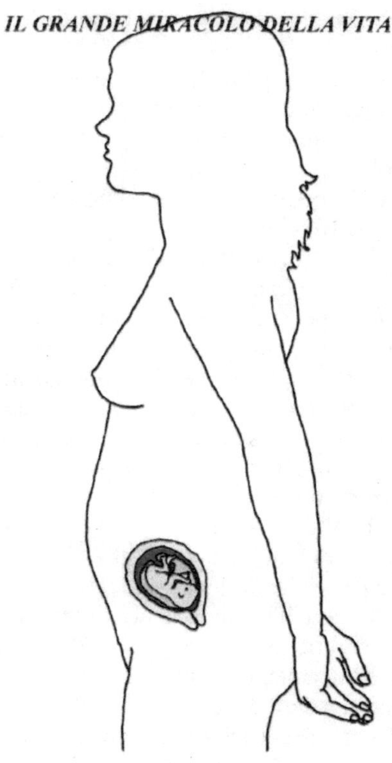

CAPITOLO 10°

Cosa avesse voluto dire, quel tocco ai genitali di Adam, era la domanda
che più continuava ad assillarci, pensavamo che con quel gesto, la
Madonna, o qualche Angelo per Lei, avesse voluto rivitalizzare il suo
seme, dando per certo un conseguente concepimento, ma non fu così.
Forse....pensai, c'era un altro motivo per cui lei, era intervenuta? Gli
aveva curato un problema di salute più serio, a noi sconosciuto?
Qualunque fosse stato il suo disegno, noi non lo avevamo capito, ma
comunque ci mettevamo nelle sue mani, quello che umanamente
dipendeva da noi, era stato fatto.
A differenza delle altre inseminazioni, però, questa volta, gli embrioni
andati avanti, erano sei, i tre che mi avevano impiantato, più altri tre, più
piccoli come sviluppo cellulare, che furono congelati.
Dopo aver riflettuto parecchio, decidemmo di non usarli, il mio livello di
controllo psicologico ed emotivo, era al limite, non avrei retto ad un'altra
sconfitta.
Il buttarmi a capofitto, nel tentativo di riuscire a diventare madre, era
stata la cura più efficace, per uscire da quel buco nero, legato a quel 5
gennaio, ma, come sarei guarita dalla cura......?
Dopo una ventina di giorni, dal transfer, mi fecero una ecografia, per
appurare se il tutto, era stato espulso in modo naturale o se necessitassi di
un raschiamento; il medico che mi visitò, e che non era il solito che mi
seguiva, mi chiese, quando volessi farmi impiantare gli embrioni
congelati.
La mia risposta, fu che volevamo sospendere tutto.
" Signora, sono già pronti per il transfer, non deve più sottoporsi a quelle
estenuanti cure ormonali........, potrei sapere il perchè di questa sua scelta,
se non sono troppo invadente? ", " Dottore, io ho letto, che gli embrioni
congelati, hanno meno probabilità di andare a buon fine, per via dello
stress da scongelamento, o che so io......; non ha funzionato per tre
volte......, con embrioni freschi......e con uno sviluppo cellulare superiore,
come potrebbero questi.....avere più possibilità........"; " Guardi......, il mio
lavoro si basa molto sulle statistiche raccolte in tutti questi anni, ma io,
personalmente, dico che ci va anche un po' di fortuna.........; Il corpo
umano, è una macchina perfetta, che talvolta, dopo delle sollecitazioni da
parte della medicina, si rimette perfettamente in funzione da sola........
stupendo anche noi medici e le nostre statistiche.........; Lei, ci rifletta con
suo marito....., ma, visto che la parte più dolorosa e complicata è gia stata
fatta....., io le consiglierei di tentare, senza lasciare passare troppo tempo,
con tutti gli altri tentativi, gia fatti, il suo corpo è più predisposto......".

Avevo ascoltato attentamente quelle parole.., ma non mi avevano convinto molto, magari parlava per interesse, lo scongelamento non era per niente economico, comunque io e Adam, restavamo fermi sulla nostra prima decisione.

Quale fosse il nostro destino o disegno divino non importava, sapevamo che la Madonnina era lì..... sempre al nostro fianco.

Adam, vedeva quasi ogni sera quella luce dorata, quando la camera si faceva buia, non sapeva se fosse Lei...., o qualche Angelo custode, ma il fatto che venisse sempre a trovarci, per noi, era di gran conforto.

Un po' pativo per il fatto di non poterla vedere....con i miei occhi, e mi chiedevo il perchè, solo lui.....avesse questo onore.

A tal proposito, ricordo, che una notte, quando i vecchi spettri tornarono a tormentarmi il sonno, come ogni tanto capitava, mi rivolsi alla Madre e con tono di rimprovero, le chiesi " Perchè hai permesso che io vivessi questo dolore, se dici di amarmi..., perchè proprio a me....", e una voce, di immediato rimando " Perchè senza questo tormento....tu non mi avresti cercata! "; La risposta fu talmente celere e diretta, che capii subito che era Lei che mi stava rispondendo, non erano i miei pensieri....a creare questo dialogo.., io non avrei potuto avere una velocità mentale, tale, da elaborare, una così precisa e pungente risposta.

" Perchè sei apparsa solo a lui....a Medugorje, e perchè solo lui, vede quelle luci.....", con altrettanta celerità, la voce disse " Perchè era lui, tra voi due, il più diffidente, e sapevo che tu gli avresti creduto pur non vedendo......, ma se fosse capitato al contrario........lui ti avrebbe creduta? Figlia mia, entrambe, conosciamo benissimo, la risposta ".

Sono sicura, dal più profondo, che questa non è stata una conversazione tra me e me, non è stato frutto dei miei pensieri, io mi conosco molto bene e so per certo che, queste risposte, sia per la velocità di elaborazione, sia per il contenuto, non mi appartengono.

Anche se non potevo vedere le luci, io comunque sentivo la sua presenza, ogni sera, prima di addormentarmi, mi rivolgevo a Lei con una preghiera o con dei ringraziamenti o semplicemente in una confidenziale conversazione.

Le mie preghiere erano rivolte anche a San Domenico Savio e a Santa Gianna Beretta Molla, anche lei, considerata protettrice di gravidanze complicate o di chi non riesce ad avere figli.

Mi rivolgevo anche a Don Giuseppe, mio zio, perchè come aveva sopposto quel prete, in quella confessione, forse era proprio lui ad aver dato inizio a tutta questa storia.

Finalmente un giorno si arrivò ad una svolta, ero da Silvia, quando ad un certo punto della seduta, lei esultò " Era ora......!! Finalmente hai deciso di voltar pagina! Mi hai chiesto la botticina, che tratta il primo Chakra.....", " Cioè?....", le risposi " Il primo Chakra corrisponde all'apparato riproduttivo, ai genitali....", Mi fece un gran sorriso e mi strinse teneramente i piedi che aveva tra le sue mani.

In quel momento, ricordo che pensai " Qualunque cosa voglia dire questa bottiglia, ti voglio bene, mia dolce streghetta "; così io la vedevo: Come una strega buona che, con i suoi intrugli e magie, ma sempre in stretta collaborazione con il mondo celeste, cercava di aiutarmi, e devo dire che ci stava riuscendo.

Quella seduta, fu meravigliosa, anzichè, picchiare o difendermi, le mie mani, ad un certo punto, presero ad accarezzare la mia pancia, che però, io percepivo come un bellissimo ed enorme pancione.

Nella seduta dopo, le mie braccia facevano il gesto di cullare un neonato, piansi per la commozione.

Non diedi molta importanza, a cosa tutto questo volesse significare, ma semplicemente, mi lasciai trasportare, da quella dolce e fantastica emozione.

Ogni settimana che passava, mi sentivo sempre più forte, i pensieri negativi si diradavano, e io, acquisivo sempre più sicurezza in me stessa.

Ora, mi sentivo decisamente sulla via di una guarigione.

Passammo delle serene feste natalizie, le sedute da Silvia, si erano diradate, come frequenza ed erano, finalmente, più rilassanti; Ora non dovevo più combattere con il dolore e non chiesi più la bottiglietta del trauma.

Per me, tuttavia, era stato importante rivivere quel dramma, dare una causa, al perchè, caratterialmente, ero stata sempre paurosa ed insicura.

Solo affrontando in faccia il dolore, avevo potuto guarire da qualcosa, a me invisibile e sconosciuto, ma costantemente presente nella mia vita......

Avevo dato sfogo, alla mia pentola a pressione, ora, avendo svuotato il mio corpo da cose brutte e negative, questi, a sua volta, era pronto ad accogliere altre emozioni........, ed io, speravo tanto, potessero essere solo più cose belle.

Per quanto riguardava gli ovetti congelati, il discorso era chiuso; ci eravamo arresi al destino.

Verso fine gennaio, capitò una cosa strana.

Tutte le sere, mentre stavo per addormentarmi, **(6)**, una voce mi entrava in testa, bombardandomi, con la solita frase " Vai a prenderli, non lasciarli lì al freddo, vai a prenderli........"; anche in questo caso, inizialmente, pensai che fosse la voce dei miei desideri più reconditi, ma poi, compresi che era Lei che mi stava parlando.

Dopo circa due settimane di voci sempre più insistenti, una sera, decisi di raccontare ad Adam il fatto, e prima che lui replicasse, gli dissi " Tesoro, so che sono altri soldi, e so che non funzionerà, ma io non voglio lasciare qualcosa di noi......in una capsula congelata....., se devono morire.......voglio che muoiano dentro di me! ".

Lui, a quel punto, replicò " Io non farei più nulla.......ma con tutto quello che hai sopportato, e rischiato......non me la sento proprio, di negarti questo....., ma non voglio che tu ti illuda e soprattutto..... non ne faremo parola con nessuno, genitori compresi, la cosa....sappiamo che non funzionerà...., e non voglio sentire un ennesima volta, i commenti.....anche se di conforto, da parte di tutti.

Quindi, faremo ancora questo tentativo, anche se ciò, porterà un altro sacrificio economico......, perchè te lo meriti, ed io, non me la sento di dirti di no....., ma poi, chiuderemo questa storia.

Dopo circa tre settimane, iniziò ad apparirmi in sogno, Don Giuseppe, vedevo chiaramente il suo volto, e le sue parole, ogni notte, erano sempre le medesime " Vienimi a trovare........vieni a trovarmi......."

Ci stavamo avvicinando al periodo pasquale, avevamo telefonato al centro di inseminazione e ci avevano dato l'appuntamento per il giorno di Pasquetta.

Pur sapendo che questo tentativo sarebbe stato vano, era per me, impossibile, non provare ansia e trepidazione.

Avevamo deciso di esaudire il desiderio di mio zio, ma il problema era, che non sapevo dove fosse sepolto.

Decisi di chiamare mio padre, per avere informazioni,

I rapporti con lui non erano ancora del tutto rilassati: Al ritorno da Medugorje, come promesso in preghiera, gli avevo inviato un messaggio " Ciao, sono tornata da un viaggio, e ho promesso ad una persona speciale, che ti avrei cercato, per provare a riallacciare i nostri rapporti: Ti ho perdonato, e non ho nessuna intenzione di rivangare i vecchi dissapori, ma solo di tentare una riappacificazione, Jana "

Il giorno dopo mio padre era gia a casa mia, dopo un frettoloso abbraccio, colmo di disagio, da parte di entrambi, la sua prevedibile risposta fu " Io non ho niente da farmi perdonare......., semmai....bla bla bla....", le solite accuse, le sue classiche girate di frittata.

Non sapevo quanto avremmo potuto riavvicinarci, con questi presupposti, la partenza non era stata delle migliori, comunque ci avevo provato.

La mia telefonata lo sorprese, ma quando gli chiesi dello zio, dicendogli che avevo il desiderio di andarlo a trovare, la sua voce si rilassò; Mi disse, che era stato trasferito in un cimitero vicino a noi e mi diede precise indicazioni, di dove fosse il suo loculo.

Arrivò il giorno di Pasqua, eravamo stati invitati a pranzo dalla sorella di Adam, insieme ai loro genitori e a mia madre.

Avevamo deciso, che poi nel pomeriggio, saremmo andati al cimitero.

Quello che successe, dopo pranzo, (7) quando, salutando tutti, dicemmo che dovevamo andare al cimitero, a trovare una persona, fu tra le cose, più inspiegabili di tutta questa storia.

Il padre di Adam, di botto disse " Andate a trovare lo zio prete? ", io guardai mio marito, e siccome non avevamo fatto parola, di questo, a tavola, " Glielo hai detto tu? " dissi, " No, pensavo lo avessi fatto tu....... ", rispose lui, altrettanto sorpreso; sui nostri volti, c'era stupore, come era possibile......, il padre di Adam, era un uomo ormai di una certa età, senza più tanta memoria, aveva visto mio zio, solo il giorno del nostro matrimonio, cioè 23 anni prima, noi, non avevamo mai più parlato di lui.

Recentemente, avevamo perso degli amici, che mio suocero aveva conosciuto, come era possibile, che gli fosse venuto in mente, proprio il sacerdote.....

Con la sua genuina semplicità, mio suocero, non si stupì, per il fatto di aver indovinato, anzi continuò " L'ho visto solo il giorno del vostro matrimonio...., e mi è subito piaciuto; nonostante io non abbia molta simpatia per i preti, lui, mi è parsa una brava persona ".

In tanti episodi di questo libro, vi sono delle strane coincidenze, fatti inspiegabili e quant'altro, ma questo, è uno dei più sbalorditivi.....

Ne parlammo per tutto il tragitto in auto, cercando di dare una spiegazione a questa, incredibile casualità, infine, Adam concluse " Mio padre è una persona talmente ingenua e pura d'animo........., che sicuramente, sarà stato facilmente condizionabile nei suoi pensieri, da qualche Angelo.....e da lì, gli è uscita quella frase....."

Arrivati all'ingresso del cimitero, con un po' di delusione, scoprimmo che era chiuso per festività; " Jana, non importa, ora guardiamo gli orari e appena possibile torneremo; intanto..... gia che siamo in giro, potremmo andare a vedere la messa di Pasqua, e magari a portare un saluto a San Savio....."

Così facemmo e quando fummo davanti alla cappella del santo, come ogni volta, rimasi incantata......davanti a tutti quei fiocchi rosa e azzurri....., chissà se un giorno, avrei potuto metterci anche il mio.....

Finalmente arrivò il fatidico lunedì, ci presentammo all'appuntamento, e a accoglierci, fu il ginecologo, che quasi sempre, mi aveva seguita.

Sembrava realmente dispiaciuto per l'ultimo insuccesso, stemperò i nostri ma, e i nostri se, con il suo dolce sorriso, e con frasi d'incoraggiamento.

Mi visitò, e poi, facendo il calcolo dell'ultimo mestruo, stabilì la data del transfer.

Il 18/04/12, mi vennero inseriti in utero i tre piccoli embrioni congelati, ero stranamente serena e lieta che avrebbero potuto trovare la parola fine, al caldo dentro il mio ventre, nel caso non fossero riusciti a sopravvivere.

Poteva sembrare un macabro pensiero, il mio, ma era peggiore l'idea che una parte di me, fosse lasciata al freddo, in un laboratorio, per poi, in seguito, essere distrutta.

Il prelievo del sangue, per il test di gravidanza, fu fissato al due maggio.

Le precedenti volte, mi era sembrato di percepire alcuni sintomi, ma a questo giro, il mio seno si era visibilmente riempito, ed avevo una continua e intensa salivazione, nonostante la mia amica Grazia, fosse molto ottimista, per questi chiari segnali, io, non vi prestai molta attenzione, sapevo, che a volte, il gran desiderio di maternità, può far venire realmente, certe sintomatologie, dettate però, solo dall'inconscio.

Anche se le speranze erano davvero minime, mi attenni comunque, alle avvertenze del medico......, riposo, niente sforzi ed evitare di salire in auto.

Il 1° maggio, dopo quindici giorni di arresti domiciliari, decidemmo di fare una passeggiata per le vie della città, avevo bisogno di prendere un pò d'aria e di distogliere la mia attenzione, da quello che era divenuto ormai, il mio pensiero fisso, " Cosa accadrà........? "

Era una splendida giornata di primavera, tantissima era la gente che passeggiava per le vie pedonali del centro, a guardare le vetrine dei negozi o a mangiare un enorme gelato.

Si vedeva che era un giorno di festa........, e il caldo tepore del sole, che scaldava la pelle del viso, preannunciando l'imminente estate, portava risate e allegria......

Io mi sentivo bene, e forse il mio umore radioso, amplificava quello che i miei occhi vedevano, ma, a me..... parevano comunque, tutti felici.

Una meravigliosa giornata, a passeggio con l'amore della mia vita per mano, e forse......., con un amore ancor più grande, che cresceva dentro di me......

Mentre passeggiavamo per le vie in festa, una voce attirò la nostra attenzione, era un ragazzo di colore, che vendeva per strada, delle serigrafie, quasi tutti i suoi ritratti, rappresentavano paesaggi africani al tramonto, ma una immagine in particolare, attirò lo sguardo di Adam, era un dipinto che rappresentava, l'ultima cena di Gesù.

Il ragazzo, notando l'interesse, con un meraviglioso ed enorme sorriso, disse " Comprate tre quadri, vi porteranno fortuna...."; ancor prima che noi rispondessimo, stava già arrotolando la serigrafia, che un attimo prima, aveva colpito mio marito, scegliemmo altre due immagini, e pensammo che anche se non avrebbero portato fortuna a noi, ...per lo meno avrebbero sfamato lui.

La serata terminò, con una bella porzione di farinata, nel nostro locale preferito, e tante.........tante coccole.

Arrivò il mercoledì, con molta agitazione da parte mia, e con una apparente rassegnazione da parte di mio marito, ci presentammo nel reparto prelievi del centro, per l'esame del sangue, come le precedenti volte, mi fu detto, che mi avrebbero chiamato nel pomeriggio, per il responso.

Quella era sempre stata, la parte più triste di tutto il percorso, la caposala, dall'altra parte del telefono " Jana, mi dispiace.....il test è negativo.....", quelle quattro parole, smontavano all'istante, tutti i miei sogni........., e rimbombavano nella mia testa, per parecchi giorni, come un martello pneumatico.

Erano circa le 16.30, e io stavo lavorando con due miei clienti, quando squillò il cellulare, era come sempre, la caposala " Jana, ciao......, non diamolo per certo,........ e stiamo con i piedi per terra..........ma risulti gravida, lunedì ripeteremo il test, ora segnati questi valori, che sono il grado di estradiolo che hai nel sangue......poi, li confronteremo con quelli di lunedì........, mi raccomando, lavora da seduta, non fare assolutamente sforzi......e...in bocca al lupo ".

Non riuscivo a credere a quello che le mie orecchie avevano appena udito....., gravida?

Per qualche secondo, fu come se non ricordassi, il significato di quella parola...., voleva dire positiva?.....incinta?

Un tremore mi pervase da capo a piedi, dai miei occhi, le lacrime, chiedevano prepotentemente di uscire........, io avrei avuto un bambino.......? C'era gia una creaturina dentro di me......? possibile che avessi capito bene?

Nei giorni precedenti, avevo allontanato dalla mia testa, ogni pensiero negativo, e mi atteggiavo, come se sapessi per certo di essere in dolce attesa, ma un conto era la speranza, con tutti i suoi pensieri positivi al seguito, un'altra cosa, era averne finalmente la certezza......

La gioia era incontenibile, i pori della mia pelle, trasudavano pura adrenalina, la stessa, di quando uno partecipa ad una competizione e poi, la vince, io, di gare ne avevo fatte parecchie, e alcune le avevo anche vinte, ma questa, sicuramente, era stata la più grande vittoria della mia vita........, ero partita senza speranze, ma poi, ero riuscita a tagliare il traguardo.

Feci una gran fatica, a non fare trapelare, quel mare di emozioni, a quei due signori........., Adam......, dovevo assolutamente dirglielo......

Nella mia testa, quanto avevo sognato questo momento........, fantasticavo su come avrei comunicato a mio marito, la lieta novella, immaginavo, la tavola apparecchiata con cura, e sul suo piatto, un pacchettino regalo, con dentro un ciuccio o delle scarpine........

In casa.... non avevo nulla di tutto ciò, ma non so il perchè, qualche giorno prima, misi d'impulso, dentro al carrello della spesa, due vasetti di omogenizzato alla frutta.

La trepidazione era tanta....., chi avrebbe resistito fino a cena....., trovai una scusa, con quei clienti, corsi in casa, Adam era sul soppalco, affacciato al lucernaio che fumava una sigaretta, non si accorse di me.

Andai a prendere quei vasetti, che avevo attentamente nascosto, e salii da lui, sentendo la mia presenza, mio marito si girò verso di me, di tutte le belle frasi, che mi ero precedentemente preparata mentalmente, l'unica sillaba che uscì dalla mia bocca fu " Toh.....", nel frattempo, gli avevo messo in mano i vasetti.

Non ricordo che espressione avesse in volto......, anche perchè, corsi velocemente giù dalle scale, se mi fossi fermata un secondo di più sarei scoppiata in lacrime e non volevo che ciò accadesse, perchè di là, c'erano ancora quei due signori, che mi stavano aspettando......

Terminare quella mezz'ora di lavoro, fu davvero complicato, tanta era la voglia di correre a casa, per godermi quel bellissimo e sospirato momento, insieme a mio marito.

Quando questo finalmente arrivò, devo ammettere, che rimasi un po' delusa, dall'atteggiamento di Adam.

Era contento, ma aveva trattenuto tutte le emozioni dentro di sè, continuava a ripetere " Non è detto, prima di festeggiare......, aspettiamo lunedì........, non ti eccitare......", e via discorrendo.

Sapevo benissimo che faceva parte del suo dna, trattenere ogni tipo di emozione, al fine di proteggersi da dolori o delusioni, ma pensavo che in questo caso, fosse diverso......, per me era impossibile, trattenere " Forse per una donna è diverso......, il pensiero che il tuo futuro, il tuo sogno più prezioso e più ambito, la tua stessa vita...sia dentro di te, ti fa scartare a priori, ogni pensiero negativo " pensai.......

Magari aveva anche ragione, ma come riusciva a frenarsi in quel modo......, non riuscivo proprio a comprenderlo, decidemmo di tenere nascosta la faccenda, fino a quando, non ne fossimo stati sicuri.

Non vi dico, come passarono quei cinque giorni, nell'attesa del test, che gioia..., stai calma..., sono la donna più felice del mondo..., stai con i piedi per terra.....; il positivo ed il negativo, si scontravano, come due lottatori sul ring.

La telefonata della caposala, il lunedì pomeriggio, non me la scorderò

finchè campo...., " Jana, congratulazioni, sei incinta ", i valori del sangue, erano aumentati enormemente e non davano adito a dubbi; " Mi raccomando, so qual è il tuo lavoro, quindi, voglio che tu stia il più a riposo possibile....., almeno per i primi tre mesi, affidati ad un buon ginecologo,........e, buona fortuna".
Questa volta la telefonata la ricevetti a casa........., non avendo estranei davanti, potei finalmente lasciarmi andare, in un pianto liberatorio, da quelle lacrime, stavano uscendo le delusioni precedenti, il dolore provato, l'ostinazione, la commiserazione degli altri, ma soprattutto, la gioia immensa, nell'immaginare me........ finalmente, con un cucciolo tra le braccia, da proteggere e amare intensamente........
Quanto, in tutti questi anni, avevo desiderato vivere questo momento, con tutte le sue senzazioni, la felicità che stavo vivendo, ora, mi stava facendo esplodere il cuore, tant'esso stava battendo.
L'emozione che stavo provando, non era paragonabile, a se tutto ciò, fosse accaduto, normalmente, i primi anni di matrimonio, di questo ne ero certa.
Questa, era una gravidanza inaspettata; sognata e voluta per troppi anni, e come tutte le cose, che uno si suda duramente, queste, una volta ottenute, prendono un sapore e un valore, potrei dire inestimabile.
Finalmente, non saremmo più stati una coppia, ma una famiglia!
Adam, fu felice della notizia, ma nonostante ciò, proprio non riusciva a lasciarsi andare, il rischio di un aborto era alto, per via dell'età e per il fatto che era una prima gravidanza, per il fatto che gli embrioni erano piccolini, e forse, non ce l'avrebbero fatta ad attaccarsi saldamente a me.......
A causa di tutti questi se e questi ma....., si decise, che avremmo tenuta segreta la cosa, sino a che, questa non fosse stata evidente.
C'erano ancora tre mesi di lavoro, poi, avremmo chiuso per ferie, dato il mio fisico esile, non si sarebbe visto granchè, e comunque avrei camuffato, l'eventuale sporgenza, con degli indumenti larghi, a settembre, se fosse proceduto tutto bene, si sarebbe potuta rivelare la sorpresa, tutto questo mistero, era solo per fare passare i mesi più a rischio.
Per potere seguire i miei clienti da seduta, trovai la scusa, di una brutta distorsione alla caviglia, non ho precedentemente menzionato, che il nostro lavoro, è insegnare a ballare, e questo, mi era stato proibito, almeno per i primi mesi.
Era difficile tenere il segreto per me, avrei voluto gridarlo a squarciagola, sovente, poi, dimenticavo, a quale delle caviglie, avevo detto di essermi fatta male, me ne uscivo zoppicando da una, e subito dopo, mio marito

mi ricordava che era quella sbagliata.

Avrei voluto dirlo a tutto il mondo che ero incinta, ma comprendevo le paure e le motivazioni di Adam, non avevo idea, però, di come avrei potuto mascherare il mio volto, che nel frattempo, era divenuto radioso e gli occhi, avevano una luce ed una espressione, mai avute finora.

Una sera, andammo a mangiare una pizza con un gruppo di amici e per fare reggere la scusa della distorsione, indossai delle scarpe basse, cosa inusuale per me; Lilly, una delle mie amiche, continuava a fissarmi e un paio di volte, mi chiese se stessi bene, perchè diceva che avevo una strana faccia.

Era ancora più difficile, mentire, quando qualcuno sembrava leggerti dentro, mi chiedevo come avrei fatto per tre lunghi mesi......

Ogni qualvolta, mi trovassi a casa, da sola, alzavo la maglia, ed osservavo il mio corpo che iniziava a dare segni di trasformazione.

I miei seni, ancora piccoli ma gonfi e più pieni, iniziavano a preparare il nutrimento per il mio cucciolo, ed il mio ventre, da piatto che era, ora, stava assumendo una forma leggermente tondeggiante, che io continuamente accarezzavo, come per cercare di creare un contatto, con la creatura che stava crescendo dentro di me.

Cercavo di immaginarmi con un enorme pancione, ma mi era difficile, per troppi anni mi ero ripetuta, che mai e poi mai, avrei avuto la fortuna di ingrassare e dondolare come una balenottera, che arenata sulla spiaggia, cerca di rientrare in acqua.

Invece, ora, in baffo a tutte le statistiche, dentro di me c'era una vita, quel piccolo e infreddolito embrione (ne era sopravvissuto uno solo), era sicuramente ancora più testardo di sua madre, perchè aveva lottato con tutte le sue forze per rimanere in vita.

Era meraviglioso immaginare, che in quel piccolo cecio, potesse già battere un cuore.

Avrei messo al mondo un essere umano, e questo mi faceva sentire una forza ed un potere, quasi paragonabili a Dio.

In quei giorni, mi trovai molto a pensare a Medugorje........, per quale motivo non avesse funzionato l'inseminazione di novembre, preceduta da quel tocco....

L'embrione, che ora avevo in corpo, faceva parte di quel seme benedetto, perchè non aveva funzionato prima....? Era forse stata una prova.....?

Probabilmente Lei, sapendo che davamo per scontato il buon fine della fecondazione, fatta dopo quel viaggio, voleva vedere, sino a che punto fosse forte la nostra fede, rimandando così, il lieto evento........

Erano solo supposizioni, le mie, ma, forse era veramente questo il suo disegno, per noi.

Nonostante sapessi, che quegli embrioni congelati, non avevano grandi possibilità di sopravvivere, la mia fede era stata grande, e Lei mi aveva premiata.......

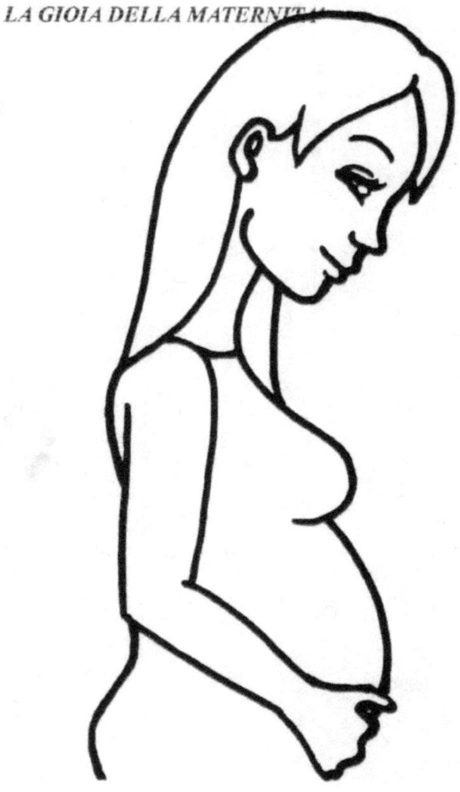

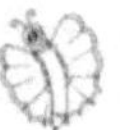

CAPITOLO 11°

Il nostro segreto, con i genitori, durò poco più di una settimana, l'FBI, di sicuro non ci avrebbe mai reclutati, perchè di Agente Segreto, ci sarebbe stato solo il nome nel pass.

Eravamo a pranzo dalla zia di Adam, e con noi c'erano i genitori di mio marito e la sorella con suo marito e i loro due figli.

La zia era una donna dolcissima e di una sensibilità fuori dal comune, con lei, si era creato sin da subito, un rapporto di stima e di grande affetto, d'altronde, era impossibile per chiunque, non volerle bene; lei aveva sempre una parola dolce per tutti, un riguardo ed un tatto, che trasparivano amore per il prossimo, e questo, la rendeva una donna veramente speciale.

Durante il pranzo, in vari momenti, avevo sentito il suo sguardo, su di me....

" Jana, tutto bene?......Ragazzi miei, oggi mi sembrate strani....."; io, sorridendo, guardai mio marito, nei miei occhi c'era uno sguardo d'implorazione, che lui colse, perchè poi, con in volto l'espressione radiosa, di chi non vede l'ora di svelare una novità, schiarendosi la voce..." Abbiamo una notizia da darvi, ed è un buon momento.....visto che siamo tutti riuniti.....Jana è incinta ", ogni volto intorno a quel tavolo, aveva la stessa espressione: Commozione, stupore, gioia e tanti erano gli occhi lucidi, seguirono poi, i pianti, gli abbracci, le risate e....le carezze a quello che, anche se ancora piatto, sarebbe diventato un bellissimo pancione.

La chiassosa euforia, tipica della tradizione siciliana, rese quel momento come lo avevo sempre sognato, la gioia, di quel nostro sogno, finalmente avverato, era condivisa da tutti, e questo, rendeva quegli attimi, ancora più speciali.

" Volevamo tenerlo ancora nascosto ", riprese Adam " Jana non è ancora di due settimane, e fino a che, non passeranno i primi tre mesi......, la gravidanza è a rischio....., ma lei non stava più nella pelle e la zia con la sua sensibilità, aveva gia captato qualcosa........, e quindi.....".

Più tardi, la zia mi confidò, che una sera in chiesa, aveva coinvolto tutto il gruppo, (lei è evangelista), in una preghiera, affinchè io potessi diventere mamma, ci abbracciammo, da quella stretta si percepiva tutto l'affetto, che provavamo, l'una per l'altra.

Il sabato successivo si stava tenendo nel nostro locale, una serata danzante, per festeggiare il decimo anniversario della nostra attività; io avevo superato la terza settimana di gestazione, ed il mio pancino, era leggermente gonfio, così indossai un abito lungo e largo, per non segnare le forme, raccolsi i capelli in uno chignon e mi truccai con cura; Mi vedevo bellissima e non riuscivo a smettere di sorridere " Jana, devi resistire! " pensai, ma nei miei occhi si era acceso un display, con su scritto, a caratteri cubitali " SONO INCINTA - SONO INCINTA " e non vi era alcun modo di spegnerlo; Feci un gran respiro e uscii nella sala delle feste.

Durante la serata, qualcuno mi chiese di ballare, ed io, indicando la caviglia, continuai a mentire, altri, sbuffando, mi chiedevano quando avessi ripreso le lezioni, e in risposta, mi limitavo a fare spalluccia......, uno arrivò persino a dirmi, che non stavo facendo niente, per curarmi il piede, e che da solo, questo, non sarebbe guarito.

Non ne potevo più, si era deciso di tacere, per evitare, in caso di fallimento, un ulteriore ferita, data da commenti e frasi di conforto, che, sebbene dettati dall'affetto, non avrebbero che incrementato, quel senso di fallimento e di vuoto, che già sapevamo, avremmo provato, ma quel silenzio, però, ci impediva di vivere in pieno, la nostra gioia, dovendo trattenere, continuamente, in presenza di altri, le nostre emozioni, oltre al fatto, che non ne potevo più, di mentire.

Mi avvicinai ad Adam, che in quel momento si trovava dietro la reception, ad impostare della musica, gli dissi, timidamente, che per me, era divenuto impossibile, far reggere quel castello di frottole......., nel suo sguardo, traspariva una tenera e amorevole disapprovazione.

Quando il brano musicale terminò, lui abbassò il volume e prese in mano il microfono, portandosi nel frattempo, nel centro della sala.

Sapevo benissimo cosa stava per dire, e le mie gambe iniziarono a tremare, tanto che dovetti appoggiarmi al muro.

" Interrompo un attimo le danze, per fare una comunicazione....., riguardo la caviglia di Jana......., non c'è nessuna distorsione, la nostra, era una scusa per temporeggiare........Jana è incinta ".

Calò un silenzio totale, seguito poi, da un brusio di voci, sembrava quasi, che non avessero compreso bene il messaggio, poi, gli sguardi iniziarono a posarsi su di me, e il mio tremore aumentò, tanta era l'emozione che stavo provando in quel momento.

Tra tutte quelle persone, tanti erano gli allievi di vecchia data, con alcuni di essi, era nata una forte amicizia, erano a conoscenza, del nostro grande sogno, e della delusione, per non essere riusciti, a farlo diventare realtà.

Chi più, chi meno, ora, stavano vivendo come personale, quell'istante, provando una sincera gioia nei nostri confronti.

In particolare, in un angolo della sala, c'era un caro amico, Franco, che, non aveva avuto, nell'immediato, la forza di venirmi ad abbracciare, tanta era la sua commozione, e se ne stava lì, in disparte, con i lacrimoni che gli bagnavano la sua paffute guance.

Anche Grazia, l'ostetrica, un po' per gioia, un po', pensai, per una lieve delusione, data dal fatto che avevo mentito anche a lei, che mi aveva sempre seguito, nei precedenti tentativi, spronandomi ogni volta, ad andare avanti, non venne subito a congratularsi, ma scese a fumarsi una sigaretta.

Poco dopo, venne ad abbracciarmi forte, dimostrando così, tutto il suo affetto per me.

Finalmente, avrei potuto girare con il mio enorme sorriso, senza passare per un' oca giuliva e camminare senza fingere di zoppicare.

Ora, nessuno mi chiedeva più, di ballare, anzi, se mi alzavo, d'istinto, dalla sedia girevole, che Adam aveva posizionato nel centro della pista, per darmi la possibilità di seguire le lezioni, senza stare in piedi, con un simpatico senso di protezione, mi rimandavano immediatamente a sedere.

Devo ammettere, che era bello prendersi tutte quelle coccole.

Ci era stato regalato un dvd, che noi guardavamo in continuazione, con immagini elaborate al computer, che passo a passo, seguivano le evoluzioni dell'embrione, sino alla sua trasformazione in feto, il video poi, si concludeva con le immagini reali, di un parto.

Man mano, che passavano le settimane, riuscivamo ad immaginare, grazie a queste immagini, la crescita del nostro fagiolino, così, avevamo preso a chiamarlo, confrontando le mie settimane di gestazione, con quelle del video, si aveva una chiara idea, di come e quando avveniva, ogni sua trasformazione, ora si sta formando quell'organo, ora crescono i primi peli e le ciglia, ora sta imparando a succhiarsi il dito, eccetera, eccetera......

Sarebbe nato sano.....? Maschio o femmina, a chi avrebbe assomigliato? come e quando avrei partorito?

Queste, erano le continue domande che ci ponevamo, la sera, andando a letto, tante erano le coccole e le carezze al pancino, che quegli attimi, erano divenuti i momenti più attesi della giornata, da parte di entrambi.

Passarono così, tre mesi, tutto procedeva alla grande, senza problemi o complicazioni.

La prima ecografia fu emozionante, ma la seconda, ci tolse il fiato, quel fagiolino di pochi centimetri, che però, aveva gia le sembianze di un bimbo, stava rimbalzando nel suo sacco, come se saltasse su dei tappeti elastici, tant'è, che l'ostetrica, dovette attendere un po', per poter fare le sue misurazioni, il suo commento fu " E' un bel peperino.....".

Anche Adam era emozionato, ma non riusciva a lasciarsi andare completamente, era in fremente attesa dell'esame dell'amniocentesi....

" Quando, anche quest'ultimo scoglio sarà superato per il meglio, potrò finalmente godermi questo lieto evento.....", erano le sue continue parole.

Avevamo entrambi paura dell'esito di questo esame, perchè, il test precedente, aveva dato la probabilità di una sindrome Down e anche se la mia ginecologa, ci continua a ripetere, che quel test non era molto attendibile, la nostra ansia cresceva, però, a differenza di Adam, sebbene preoccupata, avevo comunque la sensazione che tutto sarebbe andato per il meglio.

La mia forza cresceva di pari passo con la sua crescita, ogni qualvolta guardavo le foto dell'ecografia, il vedere quei tratti perfetti del suo volto, e quel suo piccolo corpicino, che tanto avrei voluto toccare, mi riempivano di coraggio e di fiducia.

Ero già perdutamente innamorata di fagiolino, era emozionante sapere, che lui respirava perchè io respiravo, che lui cresceva perchè io mi nutrivo, che era vivace e sano, perchè io ero tremendamente felice.

Ci sentivamo sovente con Silvia, ma in quei tre mesi, per via del divieto di andare in auto, non era stato possibile vederci.

Passato il terzo mese, decisi di andarla a trovare.

In quel periodo Adam, stava facendo delle sedute da lei ed io, ero ansiosa di mostrarle il pancino.

A metà terapia, come al solito, spegneva le luci, e metteva su, un cd per fare rilassare il paziente, quindi coprì Adam con un plaid, e gli mise su, una musica di campane tibetane, che lui detestava......, ma Silvia, diceva che quei suoni, aiutavano ad aprire i Chakra.

Spesso, quello che lei diceva, per noi era ancora incomprensibile e alcune volte, direi anche comico, tipo questa cosa delle campane, ma guai a chi ce la toccava, la nostra streghetta, ci aveva enormemente aiutato, e quindi, tutto quello che usciva dalla sua bocca, per noi era praticamente oro colato; diede una carezza a mio marito, poi, si venne a sedere sul divano accanto a me.

Chiaccheravamo sottovoce, per non disturbare Adam, e intanto, mi carezzava il ventre, pensai, che stava facendo conoscenza con il mio cucciolo.

Ad un certo punto, **(8),** si alzò, e andò a cercare qualcosa, nella pila di cd, che teneva su di un mobiletto.

Ve ne erano più di una ventina, e rovistando tra essi, ne prese uno e lo mise al posto dei suoni di campane; " Al tuo bimbo, non piacciono questi suoni......mi ha chiesto espressamente questo cd......", mi disse con il suo solito e dolce sorriso; appena io udii quella musica, gli occhi mi vennero lucidi, e sbigottita le chiesi...." Ma questo, è un brano che sentivo spesso a Medugorje.....mi piace da matti.....tu come facevi....", lei mi interruppe

" E' tuo figlio che me lo ha chiesto...." e così dicendo uscì dalla stanza.

Nel frattempo, sentendo quella musica, Adam, che si era appisolato, si svegliò; gli raccontai cosa era accaduto, e i suoi occhi si colmarono di lacrime.

Era meraviglioso, il piccolo, stava gia comunicando con noi....., non so spiegarmi come questo fosse possibile, ma di sicuro, posso dire, che Silvia, non poteva sapere quanto quella musica, avesse toccato il mio cuore a Medugorje.....

Finalmente, potemmo partire per le sospirate vacanze, perchè l'esito dell'amniocentesi, era nella norma.

Furono delle splendide giornate, non era tanto importante il luogo dove fossimo, quanto il fatto, che io stavo bene e che tutto procedeva nel migliore dei modi, da quel momento mio marito, iniziò a godere a pieno delle sue emozioni.

Ero di quattro mesi e la pancia si vedeva bene, Adam mi prendeva in giro, dicendo, che camminavo facendo di tutto, perchè questa si notasse di più e aveva ragione, ero fierissima del mio pancione.

Durante i mesi a seguire, mio marito vedeva quasi tutte le sere, quella luce dorata, ma anzichè volteggiare per aria, come solitamente faceva, questa, era quasi sempre, posata sulla mia pancia o sulla mia testa.

Lui diceva, in tono scherzoso, che pareva quasi, una risonanza magnetica, che monitorava se tutto fosse a posto.....

Una volta sola, la vide di colore rosa, tanto che ci eravamo fissati, che fosse una femminuccia, ma quando poi, l'ecografia, senza ombra di dubbio, diceva maschio, ci chiedemmo il perchè di quel colore......

Forse il suo angioletto, era femmina.....?, Non ci prestammo più di tanto attenzione, perchè quel colore non apparve più.

Fu una gravidanza perfetta, nove mesi di gioia ed amore, ero in gran forma, tanto, che lavorai sino all'ultimo, devo ammettere, che poi, a dicembre non mi risparmiai affatto, ballavo, pulivo freneticamente la casa, facevo di tutto, perchè questo bimbo potesse nascere in anticipo.

La scadenza era per il 9 gennaio, ma noi, speravamo potesse anticipare, cosicchè, godercelo insieme, durante la chiusura, per le festività natalizie.

Non ce la facevo più, nonostante fossero stati nove mesi da favola, il mio enorme pancione (avevo preso sedici chili), era divenuto pesante ed ingombrante, ne ero orgogliosa, e da una parte, avrei voluto tenerlo dentro di me, per sempre, tanto lo avevo desiderato, anche perchè, così, quel bimbo, sarebbe stato solo mio.

Nel mio ventre, non gli sarebbe mai mancato il cibo, il calore e soprattutto, la protezione....., lì, era lontano da qualsiasi forma di pericolo; non avrei mai voluto smettere di sentire tutti quei movimenti

dentro di me, e tutte le notti, quando lui dava sfogo alla sua energia, mi divertivo, cercando di capire se quella pretuberanza che sporgeva qua e la, fosse una sua manina o un suo piedino.
Poi, c'era anche il fatto, che mio marito mi copriva di attenzioni e complimenti..
" Non sei mai stata così bella e radiosa, e poi, devo dire che questi chili in più, ti donano...."; anche se di mio, non sono molto vanitosa, devo ammettere, che tutto ciò mi lusingava.
D'altra, c'era il grande desiderio di stringermelo fra le braccia, sentire il suo profumo......ma soprattutto, fargli vedere il volto, di quella voce che tanto aveva sentito in tutti quei mesi........., la voce della sua mamma.
Pregavamo tanto, tutte le sere, affinchè procedesse tutto per il meglio; sino a lì, era andata alla grande, la Madonnina, con le sue luci dorate, tutte le notti, ci faceva sentire la sua presenza.
Alcune signore, fecero dei calcoli, basandosi sulle fasi lunari, per poter stabilire la data esatta; a tal proposito, la sera del 31, vidi dalla finestra, una splendida luna piena; ne rimasi affascinata....., era come se sentissi che quella, era la mia luna......

JOSE' MARIA

CAPITOLO 12°

Il 2 e il 3 gennaio, corsi in ospedale, per delle forti contrazioni, che non riuscivo a far passare nemmeno sotto la doccia, come mi era stato consigliato, però, entrambe le volte, dopo la visita, mi rimandarono a casa, perchè la dilatazione, era solo di un centimetro e mezzo.

Il 4 gennaio, dopo circa sei ore, dall'ultima visita, in ospedale, ripresero le contrazioni, erano sempre più intense, con una frequenza maggiore.

Provai di tutto, nel tentativo di rilassarmi, ma nè le docce, nè le respirazioni apprese al corso preparto, sembravano migliorare la situazione, dopo il pranzo i dolori erano insopportabili.

Pensare, che l'ostetrica del corso, aveva anche consigliato, di preparare una torta, perchè, a sua parere........, il movimento che si faceva nel mescolare gli ingredienti, era rilassante e distraeva dal dolore........; ma quale torta....?!.?! Avrei pagato, quella donna, che riusciva a seguire quel suo, a parere mio....., consiglio idiota!

Mio marito stava facendo lezione, ed io, riprovai con i vari esercizi di respirazione, non sapevo più come mettermi, su quel divano, che era divenuto la mia sala travaglio, il dolore mi impediva di concentrarmi.

Iniziai ad appuntare su di un foglio, a che distanza, arrivassero i dolori, quando, dopo circa due ore, Adam entrò in casa, vedendo che la frequenza, era di circa due o tre minuti, mi incitò a vestirmi, per andare in ospedale.

" No, non voglio andare........, sarà un altro falso allarme......., ci siamo appena stati stanotte, e la dilatazione è appena all'inizio, non voglio passare per una fifona! "; lui, un po' sull'agitato, vedendo come stavo male, replicò " Grazia ha detto di telefonarle, in caso di un altro allarme.....", nel frattempo, stava già facendo il suo numero.

Lei gli disse di portarmi subito in ospedale, nel mentre, avrebbe chiamato una sua amica, infermiera, che era di turno, affinchè mi ricoverassero.....

Adam, diede disdetta ad una coppia, che doveva fare lezione, nell'ora sucessiva; intanto io mi stavo facendo una doccia calda, sperando di calmare le contrazioni, ma non servì a nulla.

Era proprio vero, quando mi dicevano, che il dolore del travaglio, è molto simile a quello delle coliche renali........, che io, già avevo provato, diciamo però, ...pure triplicato.

Ricordo, nonostante avessi un male cane, quanto andasse veloce mio marito con l'auto, ad un certo punto, quando lui iniziò a strombazzare all'impazzata, con il clacson, sorpassando tutte le auto, che gli davano strada, ero talmente concentrata sulla sua spericolata guida, che per un attimo, i dolori diminuirono; pensai, che anche il bimbo, stesse commentando, sulla guida spericolata del suo papà, e quindi, avesse deciso di darmi un po' di tregua.......

Mi venne da sorridere, nell'immaginare la scena, di lui, che attaccato saldamente al cordone ombelicale, stesse dicendo, con la voce di Paolo Villaggio, nel film Senti chi parla, " Ma che cavolo sta succedendo lì fuori....."; intanto rimbalzava, qua e là, nel suo sacco, sballottato dalle sterzate del suo pazzo papà.

Arrivati al pronto soccorso, dopo la visita, mi volevano rimandare a casa, dicendo che la situazione, non era cambiata dalla notte precedente, finalmente, scese dal reparto, l'infermiera contattata da Grazia, che dopo essersi presentata, disse alle colleghe, che mi avrebbero ricoverato.

Io mi sentivo a disagio......., una delle cose che detesto di più, sono i raccomandati, ed in quel frangente, mio malgrado, lo ero diventata anche io.....

Meno male, che andò così, perchè nonostante mi avessero garantito, dopo avermi visitato, che sicuramente non avrei partorito quella notte, dopo tre ore di dolori intensi, la dilatazione era a sei centimetri........, se fossi tornata a casa, probabilmente, avrei partorito in auto.

Sentendomi lamentare silenziosamente sotto le lenzuola, per non disturbarla, la mia vicina di letto, chiamò le infermiere, nonostante io continuassi a dirle che non era ora.......

Il commento dell'ostetrica, che mi visitò, fu " Cosa aspettava a chiamare......., voleva farlo a letto da sola? ", e così sorridendomi, mi disse di seguirla....

Mi presentai in sala monitoraggio, con un sorriso che mi arrivava da orecchio ad orecchio, e così.......scherzosamente, mi soprannominarono SuperMamma, dicendo, che non capitava spesso, di vedere una partoriente, di quasi sette centimetri di dilatazione, ridere anzichè urlare e dimenarsi.....; io pensai " Loro non sanno cosa c'è dietro, a questa gravidanza...., se sapessero tutta la storia, non sarebbero affatto stupite nel vedermi così....." intanto, era arrivato Adam, che con amorevole apprensione, mi accarezzava la testa, sorridendo orgoglioso, alle battute delle infermiere.

Dopo essere andato a casa, terminato l'orario di visite, tanta era la sua agitazione, che non era riuscito a prendere sonno e dando retta al suo presentimento, aveva deciso di tornare in ospedale, tant'è che aveva ricevuto la mia telefonata, mentre stava parcheggiando.

Arrivati in sala parto, arrivò anche Grazia, avvisata precedentemente dall'ostetrica.........., il vederla lì, fu per me, una iniezione di coraggio.

Alle 3.12 del 5 gennaio, con un parto naturale, e a sentire Grazia, da manuale, tanto fu perfetto, diedi alla luce Josè Maria.

Non riesco a trovare le parole per descrivere, quello che provai...; la prima cosa che mi venne in mente, quando mi posarono, ancora sporco, quel cucciolo di due chili e settecento grammi, sopra il mio petto, fu........GRAZIE SIGNORE!

Non riuscivo a mettere bene a fuoco, quella creatura, che nel frattempo, sembrava aver riconosciuto la mia voce e il mio odore, tanto se ne stava tranquilla e a suo agio, sopra di me, perchè non avevo addosso gli occhiali, e i miei occhi erano colmi di lacrime.

Adam, anche lui visibilmente commosso, scoppiò in un pianto di gioia, che aveva anche del liberatorio, guardando quell'esserino così piccolo, ma gia così forte e battagliero, andò in tilt; Lui..., normalmente, così deciso e poco impressionabile, non se la sentì di tagliare il cordone, perchè aveva paura di farci male.

Poi, dopo avere pulito e visitato, quel meraviglioso batuffolo, talmente minuto, da perdersi dentro la tutina che gli avevano messo, me lo misero tra le braccia e lui, si attaccò subito al mio seno......, io avevo paura di toccarlo, di fargli male...., avevo persino il timore di guardarlo troppo intensamente, per paura che svanisse....che fosse solo un sogno......

Mio marito, mi accarezzava i capelli, dicendomi con orgoglio, che ero stata brava, e che gli avevo fatto un capolavoro......

Quegli attimi, ero sicura, sarebbero stati indelebili, nella mia memoria.

In quei due giorni, il bimbo, mi fu lasciato sempre in camera, giorno e notte; non riuscivo a togliergli gli occhi di dosso......., ancora non mi capacitavo di aver messo al mondo, proprio io, quella piccola creatura, mi suonava strana, la parola mamma, ora che era riferita a me......

Sarei riuscita, a prendermi cura di lui? Non sapevo assolutamente nulla riguardo ai neonati, avevo persino il timore di cambiargli il pannolino......

Nonostante la stanchezza, emersa dopo il parto, in quelle due notti, non riuscii a prendere sonno, continuavo ad osservare il mio cucciolo, attenta ad ogni suo respiro o vagito.

Assomigliava tantissimo a mio fratello maggiore, deceduto pochi mesi dopo la sua nascita, questa, fu la prima cosa che notarono i miei genitori, quando vennero a trovarmi alla sera, in ospedale, furono entrambi, colpiti, dall'impressionante assomiglianza.

Il secondo giorno, in un momento che ero sola in camera con il mio bimbo, che stava dormendo come un angioletto, il mio sguardo, si posò, sulla scheda ospedaliera, posta su di un lato della culla, dove, vi erano riportati i dati del piccolo: trasalii.....leggendo la data....... **(9)**

5.1.13; sapevo benissimo in che giorno avevo partorito......., ma non avevo collegato.....sino a quel momento.

Il 5.1.2010, era stato il giorno più brutto della mia vita........., avrei voluto dimenticarlo, ma mi era difficile, ogni anno, quella data, nonostante fosse passato già parecchio tempo, mi riportava alla mente, dolore e tristezza......

Il 5.1.2013, era invece, il giorno che avevo sempre sognato e che mai avrei sperato di poter vivere, avevo dato alla luce uno splendido bambino.

Non poteva essere, anche questa, una coincidenza, ormai, non credevo più nelle casualità, sapevo benissimo che era Lei, ed ora, finalmente, avevo imparato a decifrare i suoi messaggi.......

" Dimentica il dolore, non pensare a quella data, come ad un giorno di sofferenza, bensì, come ad un giorno meraviglioso, perchè sei diventata madre......"

Nulla era un caso, la Madonnina, aveva fatto sì, che le due date fossero le stesse, cosicchè, il bene avrebbe annullato il male, il positivo avrebbe preso il posto del negativo.......; Questa, poteva essere anche la spiegazione, del perchè non fossi rimasta incinta, con l'inseminazione avvenuta subito dopo il viaggio a Medugorje........, oltre al fatto, di voler mettere alla prova la mia fede, Lei, voleva che il bimbo nascesse in quella data......, ora quel 5 gennaio, per me, sarebbe stato solo un giorno di festa e null'altro!

Mi stavo abituando, a questi suoi segnali, che probabilmente, c'erano sempre stati, nel corso della mia vita, ma solo ora, avevo imparato a comprenderli.

Era meraviglioso, sapere che la Madonnina, aveva sempre cercato di comunicare con me, ma prima, non usavo il canale giusto, per potermi sintonizzare con Lei.

Uno dei momenti più emozionanti, fu, quando Adam, venne a prenderci in ospedale, per portarci finalmente a casa.........

Per tutto il tragitto in auto, i miei occhi, non riuscivano a staccarsi, da quel batuffolo, tutto vestito d'azzurro, che dormiva beatamente.....

Arrivati davanti a casa, la sorpresa, di un enorme poster, appeso sopra al portone, con raffigurata, una cicogna che girava per il mondo, alla ricerca di casa nostra, l'immagine, era accompagnata, da una bellissima frase....(dopo aver girato per 22 anni, finalmente la cicogna, ha trovato l'indirizzo: è arrivato Josè), l'idea, frutto della fantasia di Adam, aveva colpito, anche il tipografo, che l'aveva stampata.

Arrivati in cima alle scale, ad attenderci, c'era un enorme arco, di benvenuto, fatto di palloncini bianchi ed azzurri, tantissimi altri palloncini, appesi ovunque, riempivano la sala, dando al tutto, un atmosfera di gioiosa festa.

Fu emozionante, vedere con quanto amore, il neo papà, avesse preparato con cura il tutto, per accoglierci......

Le settimane, e poi, i mesi che seguirono, furono a dir poco meravigliosi, la casa aveva un profumo ed un calore, tutto nuovo, quel cucciolo, da poco entrato, nella nostra vita, aveva portato con sè, tanto rigenerato amore, ma soprattutto, la voglia di ricominciare, dando un colpo di spazzola al vecchio, rimettendo tutto in gioco........

Il simpatico commento di Adam fu " Mi ero dato ancora cinque anni di lavoro, poi, sarei andato in pensione.....ora, i miei piani sono saltati, perchè dovrò mantenere questo fagiolino, chissà per quanti anni ancora......, quindi, addio al mio prepensionamento......"

Sapevamo che nulla di tutto ciò, poteva accadere, senza l'intervento di Dio, che per mezzo della Madre e di tutti coloro che vegliavano sopra di noi, aveva fatto in modo, che degli eventi della nostra vita, prendessero una svolta diversa....

Camminando sempre al nostro fianco, spronandoci ad andare avanti, quando ci eravamo arresi, e sostenendoci nei momenti di sconforto.

Nella foto, che abbiamo successivamente portato, al centro d'inseminazione, c'è una dedica.......

" Con una mano della scienza, ma con due del Nostro Signore, da quel piccolo embrione congelato, da cui nessuno si aspettava nulla, è nato Josè Maria.....".

Questa storia, dovrebbe portar riflessione, anche a quelle persone, che proprio a Medugorje, raccoglievano firme contro la sperimentazione sugli embrioni.

Penso proprio, che questi personaggi, non abbiano avuto problemi, a diventare padri o madri, nonni o nonne, quindi, non hanno la minima idea, di cosa voglia dire, e che importanza abbia, questo successo scientifico, per chi non ha avuto la loro stessa fortuna.

Per chi desiderava più di qualsiasi cosa, diventare genitore......, per chi ne ha fatto, una vergogna o un complesso personale, dovuto al fatto di non poter essere in grado di procreare....., per tutte quelle donne, che sono cadute in depressione, e in certo senso, si sono sentite meno donne........

Tutto questo dolore, se uno non lo ha provato, non lo può comprendere. A Medugorje, quando io mi sono caldamente opposta a questa petizione, spiegandone i motivi, una donna in tutta risposta e con un tono freddo e sarcastico, per nulla simpatico, a mio avviso, visto dove ci trovavamo, mi ha detto, "Tu, quanti ne hai uccisi di embrioni, nel tentativo di restare incinta...?, Se uno non può, se ne fa una ragione! ", quelle parole mi ferirono più di una pugnalata, così presi il bimbo in braccio e corsi piangendo in camera; come aveva potuto dire una cattiveria tale....; io a lei rispondo," C'è un antico detto indiano, che dice, prima di giudicare una persona,..... cammina nei suoi mocassini per dieci lune......"; le auguro vivamente, che i suoi figli o i suoi nipoti, non abbiano mai di questi problemi, lo dico sinceramente, perchè solo in quel caso lei potrebbe comprendere....., visti i suoi ragionamenti.

Deve esserci un severissimo controllo, per evitare che si degeneri, su questo punto sono perfettamente d'accordo, per evitare, che qualcosa che è nato con dei buoni propositi, si trasformi poi, in qualcosa di brutto e dannoso....., senza queste sperimentazioni, però, non ci sarebbero stati questi progressi, e milioni di bambini, non sarebbero potuti nascere.....

I controlli non devono essere fatti sulla sperimentazione, ma sugli uomini che la eseguono, affinchè essi siano consapevoli, del fatto che si sta manipolando la vita di qualcuno.......e non c'è nulla di più prezioso, della vita di un essere umano!

Dio, ci ha dato l'intelligenza, perchè potessimo scoprire, esplorare, inventare, progredire........, poi, ha messo in noi, anche una coscienza, questa, detta una morale, cioè quella regola di comportamento, che fa distinguere il confine, tra il bene ed il male.

Se Lui, non avesse voluto tutto ciò, non ci avrebbe resi superiori al genere animale.

Questa storia, è la testimonianza che Dio e la scienza, possono collaborare, se comunque, come unico fine, c'è il portare più gioia e amore in questo nostro mondo!

Per quanto riguarda Medugorje, inteso come fenomeno religioso, se posso, vorrei esprimere una mia opinione.

Parlando con tante persone, che sono state, in quel luogo come noi, in pellegrinaggio, ho riscontrato devo dire, nella stramaggioranza, pareri positivi, esperienze e sentimenti in comune.

Qualcuno ne ha parlato in negativo, soprattutto per quanto riguarda i veggenti..,

dubbi sulla loro veridicità e altro.....

Una persona, molto amareggiata, mi ha confidato che un suo amico, con una figlia gravemente malata, ha ricevuto la richiesta di denaro, in cambio di una preghiera alla Madonna, da parte di uno dei veggenti.

Ora, lungi da me, esprimermi in qualsiasi modo e in qualsiasi direzione, non ho nè la competenza nè i titoli per dare giudizi, o commentare sulla loro onestà messa in dubbio, ma soprattutto non ero presente al momento, per poter confermare se tutto ciò sia veritiero.......

Una cosa, però posso dire.....; la fede e il credo, che ho trovato in quel luogo, non devono dipendere o essere influenzati, da eventuali impostori, o da preti che hanno perso il senso della loro vocazione, facendosi coinvolgere in episodi di pedofilia, corruzioni o da altre debolezze umane......

L'uomo sbaglia, l'uomo è perennemente tentato........., per l'essere umano, è più semplice e più allettante, seguire i Sette Peccati Capitali......, piuttosto che i Dieci Comandamenti.

Proprio per questo motivo, la Madonna, nei suoi messaggi, invita costantemente a pregare per i pastori, affinchè questi trovino sempre la forza, per portare a noi la voce del Signore, senza mai perdersi......

Penso che i sacerdoti abbiano un compito molto arduo, su questa terra, perchè è assai difficile divulgare la parola amore, lì, dove regna l'egoismo e la più totale indifferenza, senza esserne in alcun modo contaminati.

Per quanto riguarda Medugorje, inteso semplicemente come luogo, posso invece garantire, che anche se ci vai, con cuore e occhi chiusi, come lo erano i miei, si percepisce comunque, un qualcosa di sovrumano......

Nel nostro pellegrinaggio non si è dato molto peso ai veggenti e alle loro testimonianze, ne ci ha interessato vedere, come a molti altri, dove abitavano o chi fossero nel privato, la nostra attenzione era totalmente presa da quel benessere interiore che entrambi sentivamo crescere man mano che i giorni passavano e, a cercare di dare delle risposte agli infiniti quesiti che fino ad allora non ci eravamo mai posti.

La pace che aleggia nell'aria e che piano piano ti entra dentro, la quiete che senti e respiri, la sensazione di una, o più presenze benevole, che ti accompagnano ovunque vai........., il senso di fratellanza e di empatia, che si crea fra le persone, fatto di sorrisi e gentilezze......., ebbene, tutto ciò, è tangibile, non si può e non si riesce a non esserne coinvolti, o per lo meno, prima di partire, qualche dubbio ti entra in testa e qualche domanda te la poni.....

CAPITOLO 13°

In questo ultimo capitolo, racconterò degli episodi, dove altri segni, o se preferite, altre coincidenze, sono capitati nella nostra famiglia, dopo l'arrivo di Josè.
Continuerò a seguire la precedente numerazione, del libro.......

Segno (10)
Ad agosto, abbiamo deciso, di portare il nostro piccolo, lì, dove tutto è cominciato.
E stata dura, fare un viaggio così lungo, con lui, di appena sei mesi, ed il gran caldo, una volta arrivati a Medugorje, non ha per niente aiutato; si può tranquillamente dire, che questo, è stato il suo primo sacrificio, come dono per la Madre Celeste.
Portarlo in quei luoghi, che per noi sono stati così importanti, è stato emozionante, e il nostro angioletto è diventato la mascotte del gruppo.
Ovunque si andasse, era preso di mira da chiunque avesse una macchina fotografica, perchè di piccoli così, se ne vedevano pochi, veniva benedetto da ogni prete o frate che incrociavamo, con un segno della croce in fronte.
In quei giorni, si cercava di uscire nelle ore meno calde, e avevamo un po' selezionato il programma, per non strapazzarlo troppo.
L'avevamo già portato sul Podbrdo, la mattina precedente, caricandolo su di un seggiolino per escursioni, sulle spalle del papà, non era stato semplice, salire su quella collina, con il suo peso, e facendo attenzione, che nessuno urtasse contro di lui......, ma avevamo comunque deciso, che l'indomani, saremmo andati sul monte Krizevac, Adam, voleva percorrerlo a piedi nudi, con il bambino in spalle; aveva fatto un voto alla Madonna, per un nostro caro amico, che aveva un tumore incurabile......
Dovevo puntare la sveglia alle 3.00, per avere il tempo di allattare e vestire Josè, in modo da essere giù, all'ingresso della pensione, alle 4.00, ora della partenza.
Sono anni che metto la sveglia, tutte le mattine, con il cellulare......., ma quel mattino, la sveglia non suonò, mi svegliai sentendo il vocio di alcune persone, nel corridoio, e guardando l'ora, vidi che erano già le 3.45......., per la prima volta in vita mia, avevo sbagliato a puntarla........
Chiamai velocemente Adam, e non avendo il tempo di preparare il bimbo, si decise che sarebbe andato solo lui.
Così, si vestì velocemente, e raggiunse il gruppo, che si stava avviando verso il pulman, che li avrebbe portati ai piedi del monte.
Quando dopo circa tre ore, fece ritorno, era visibilmente stanco; aveva

percorso quel sentiero irto e roccioso, a digiuno, come pegno della sua devozione, e a piedi nudi, per il nostro caro amico Carlo: Essendo solo, a lui, aveva potuto dedicare tutti i suoi pensieri e le sue preghiere.
" Jana, forse è stato un bene, non aver portato Josè, c'era un sacco di gente, lassù e poteva essere pericoloso per fagiolino......, a piedi nudi, era dura salire, e avrei potuto scivolare, oppure qualcuno, avrebbe potuto urtare contro le sue braccine, che sporgevano dal seggiolino........., è stato meglio così!
Anche questo episodio, non è stata una casualità, dopo anni, perchè proprio quel giorno, ho sbagliato a puntare la sveglia?
Sono sicura, che per Lei, fosse sufficiente, la nostra presenza lì, non aveva bisogno di ulteriori prove, almeno per quanto riguardava Josè.....

Segno (11)
Avevamo anche un'altra cara amica, in fin di vita, Carla, era stata una nostra allieva, e poi, pian piano, era nata anche un'amicizia con lei e suo marito.
Avevamo seguito, in disparte, tutto il suo calvario, tra chemioterapie e quant'altro, ma purtroppo, nulla era servito, ora si trovava in ospedale e la situazione era critica.
Al ritorno da Medugorje, una mia amica, mi aveva telefonato, dicendomi che sarebbe andata a trovarla, subito dopo pranzo, e mi chiese se volevo unirmi a lei.
Avevo da pochi giorni, disfatto le valigie, e posato sul tavolo, tutti i rosari, opuscoli e preghiere, che avevo portato da Medugorje.
Volevo portare alcune di queste cose, a Carla, pur sapendo, che lei, magari, non le avrebbe gradite, aveva chiuso le porte a Dio e alla chiesa, dopo una serie di gravi dispiaceri......., forse, però, la malattia, aveva ridimensionato la rabbia e l'astio, che vivevano in lei, pensai.
Misi in una busta il rosario, una preghiera della Madonna e poi, mi capitò tra le mani il foglio, con scritto il messaggio, che la Madre, aveva dato il 2 giugno, alla veggente Miriana.
La guida del gruppo, ne aveva consegnato una copia per famiglia; egoisticamente, lo avrei voluto tenere per me, non era possibile fare una copia, perchè la mia stampante era fuori uso, ed era troppo tardi per andare dal tabaccaio a farne una, perchè da lì a poco, sarebbe arrivata la mia amica a prendermi, ed io, dovevo ancora dare la pappa al bimbo.
Fui molto combattuta, se dargliela o meno, ma poi, pensai, che ne aveva più bisogno Carla, anche perchè nel messaggio, c'era una frase, che sembrava scritta per lei; si chiedeva di aiutare coloro, che hanno chiuso i loro cuori, affinchè possano riconciliarsi a Dio.

Misi, allora, senza più titubanze, il foglio, all'interno della busta, insieme alle altre cose, e iniziai a prepararmi.

Quando arrivammo su, in reparto, la trovammo nel corridoio, che camminava a piccoli passi, trasportando con se, l'asta della flebo.

Era provata, e sicuramente, stava soffrendo molto, ma il suo carattere forte e battagliero, che la distingueva, non faceva trapelare il suo dolore.

Dopo averla baciata, le porsi il sacchetto, e mentre lei vi stava guardando dentro, le dissi " So come la pensi su questo argomento......., io ci tenevo comunque a darti queste cose, ma ti prego......, se non le gradisci, non cestinarle, piuttosto, regalale a qualche altro paziente......".

Appena però, lei vide il contenuto della busta, mi rispose con un timido sorriso " No..., invece gradisco il tuo pensiero........, sai, ora sto cambiando la mia opinione......, mi sto riavvicinando a Lui.....".

Mi fecero un immenso piacere, quelle parole, perchè ora, finalmente, non si sarebbe sentita più sola, Lui, l'avrebbe accompagnata e sostenuta, nel passaggio finale!

A fine agosto, mentre eravamo in vacanza, riceviamo la telefonata, che ci avvisava della sua morte.

L'indomani, facemmo tristemente ritorno, e andammo ai suoi funerali.

Circa un mese dopo, era un sabato di fine settembre, mi misi a far pulizie a casa, mi ero dedicata particolarmente alla zona soggiorno; avevo passato con cura, la cera per mobili, sulla grande credenza, liberandola da fogli e foglietti, che vi si posavano sempre sopra, creando ogni volta disordine.

Ora, bella lucida e con solo i suoi soprammobili, aveva un altro aspetto, dopo circa tre ore, la casa era finalmente linda e ordinata.

Il mattino dopo, scesi per preparare colazione, e passando davanti a quel mobile, il mio sguardo, notò subito un biglietto posato li sopra....., pensai con disapprovazione, che Adam, come al suo solito, aveva iniziato a far disordine, posandoci su qualsiasi cosa, ma quando lessi il foglio, iniziai a tremare......, era il messaggio di Medugorje!

Come era possibile...?, tutta agitata, corsi a farlo vedere a mio marito.

" Forse, ne avevi due copie.....", rispose lui, " No " replicai, sempre più confusa " Sono sicura....., era solo un foglio! Altrimenti perchè tutta quella titubanza, se darglielo o no....., ho controllato bene, tra i fogli che avevo posato sul tavolo, e dopo aver preso le altre cose da dare a lei, ho ritirato tutto, in un cassetto...., poi...., ieri sera era tutto perfettamente in ordine, sul mobile non c'era assolutamente nulla, come ci è arrivato quel foglio lì sopra.......stamattina....?"; dopo un minuto di silenzio, Adam esordì, con voce pacata " Allora c'è solo una spiegazione, per cui quel foglio si trovi lì........, lo ha messo Carla......., ora, lei non ne ha più

bisogno........e ha voluto ridartelo ".
Ero commossa, tra tutti i segni, finora ricevuti, questo era materiale......,
non era una voce o una coincidenza, bensì , un oggetto reale, arrivato
chissà come, e chissà da dove........
L'indomani, telefonai alla guida del pellegrinaggio, per sapere, con
certezza, quante copie avesse consegnato a ciascuno, lei, non ricordava,
ma poi, aggiunse che al botteghino dove consegnavano i messaggi,
avevano avuto problemi con la stampante, e rammentò, che gliene
avevano dati pochi.
Non mi bastava, questa sua incerta risposta, per poter pensare ad un
miracolo, per quanto io potessi pensarlo ed esserne quasi convinta, avevo
bisogno, di una certezza in più, telefonai quindi, al marito di Carla,
chiedendogli, se per favore, potesse dare uno sguardo, tra le cose, che sua
moglie aveva in ospedale, descrivendogli poi, cosa stavo cercando,
aggiunsi, che poi, quando ci saremmo visti, gli avrei dato spiegazioni.
La settimana dopo, venne da me; " C'era solo uno scatolone, delle cose
raccolte in ospedale.........ho guardato bene, e ho trovato solo questo.....";
mi porse la preghierina della Madonnina, su carta plastificata, e il
rosario; io lo guardai perplessa " Ci doveva essere anche un foglietto, con
stampato un messaggio, insieme a queste cose....."; lui, più confuso di
me, perchè non capiva la mia richiesta con la conseguente agitazione, che
iniziavo a provare, riprese " Non c'era altro all'interno dello scatolone,
solo fogli e documentazioni mediche, e le sue cose personali........, ma
perchè....".
Gli raccontai tutto, e nonostante, anche lui, come inizialmente sua
moglie, fosse una persona scettica, mi diede l'impressione, di credere al
mio racconto, il suo volto era emozionato....
La mia quasi certezza, il ricordo della guida, di averne consegnati pochi,
ed ora il recupero delle altre due cose, ma non del messaggio, mi
avevano convinta; era lei, che me lo aveva ridato, non so come.....ma
quel foglio era apparso dal nulla.
Spesso, mi capita di prendere quel pezzo di carta, tra le mani, persino di
annusarlo......, quasi a voler sentire la presenza di Carla......

Segni (12) e (13)
Durante la stesura del libro, mi sono capitati, altri due fatti strani.....
Mentre cercavo tra i vari incartamenti medici, le date esatte delle
inseminazioni, per riportarle nel racconto, mi colpì il due maggio, giorno
in cui ho ricevuto la telefonata, aggiungerei, più bella della mia vita, in
cui mi comunicavano, la lieta notizia, incuriosita, sono andata a cercare
sul calendario, per vedere a che ricorrenza o santo appartenesse; non so

spiegarmi, come solo quella data, attirò la mia attenzione......
San Cesare, il nome di mio fratello......deceduto appena nato; ho una foto,
di lui, nella piccola bara bianca, aveva appena sei mesi; la somiglianza
con Josè è impressionante.

L'altra inspiegabile stranezza, è capitata, mentre stavo stampando le
prime pagine del libro......
Mi sono accorta di aver finito la carta; sulla scrivania di Adam, c'erano
dei plichi di vari colori, ho preso il blocchetto dei fogli bianchi e sono
andata a caricare la stampante.
Arrivata a stampare la prima pagina n°30 del 4° capitolo, mi sono
accorta, che stava uscendo un foglio rosso........., come ci era finito
quell'unico foglio colorato, in mezzo a quelli bianchi, non so
spiegarmelo......
Abbiamo entrambi pensato, che la Madonnina, avesse voluto darci un
ulteriore messaggio, evidenziando con il colore che normalmente si usa
per descrivere amore e passione, il suo immenso amore per noi,......, vale
a dire, la sua venuta in camera da noi e il tocco guaritore...
Sentendo questa storia, Silvia, ci ha spiegato che il colore rosso,
corrisponde al primo Chakra......., ossia l'apparato riproduttivo, i
genitali.....
Da quel tocco miracoloso, è arrivato poi, il seme da cui è nato mio
figlio........
Avrei voluto far stampare su foglio rosso, quella pagina, per Lei, che
mettendosi ulteriormente in contatto con me, mentre completavo la
stesura del libro, ha voluto ricordarmi, che quello è stato il vero e più
tangibile miracolo di tutta questa storia; purtroppo, per esigenze
editoriali, non è stato possibile, quindi, ci siamo limitati a stampare in
rosso solo i caratteri.

Segno (14)
Il libro, era ancora agli inizi, un giorno, chiaccherando con una mia
allieva, si è preso il discorso del pellegrinaggio, sino ad arrivare, alle luci
che vede tuttora Adam.
Con mia sorpresa, anche lei è stata avvicinata, da questo mondo
invisibile e straordinario, le luci che vede sono di altri colori, e anche lei,
ha avuto vari segni, alcuni pazzeschi, tipo trovarsi delle piume in giro per
casa, pur non avendo animali da cortile, o altre casualità, troppo casuali,
se posso aggiungere....
Lei, poi, in questi anni, si è documentata con letture, del genere
Meridiani, Chakra, Angeli custodi e quant'altro.

Un giorno, si è presentata, con un regalo per me; all'interno della graziosa confezione, c'era un libro, che parla di Angeli custodi, dei loro nomi, con quali colori essi ci appaiano, e quale è il loro compito.....
L'ho letto tutto di un fiato, e quando sono arrivata, al capitolo che parla dell'Arcangelo Gabriele, con meraviglia, ma nemmeno tanta, (oramai mi sono quasi del tutto abituata a tutti questi segni celesti), ho scoperto, che il colore con cui appare è giallo-oro, lo stesso che vede mio marito, tra i suoi compiti, c'è quello di aiutare le coppie che non riescono ad avere figli; inoltre, è protettore degli scrittori....
Non so, se è imputabile, all'arrivo di questa luce, la mia irrefrenabile voglia di scrivere questo libro, ma dopo aver letto questo particolare, ogni qualvolta, mi mettevo a scrivere, invocavo l'Arcangelo Gabriele, chiedendogli di aiutarmi; dalla mia penna, scendevano fiumi di parole, concetti e termini, a me inusuali, si stendevano sapientemente sul foglio, questo mi dava la certezza, che lui era ed è sempre con me.
Anche Adam, leggendo il testo, durante la stesura, mi ha detto " Qua, ci sono dei termini, da te mai usati e un modo di esprimerti che non ti appartiene...., si vede proprio, che c'è qualcuno che ti sta aiutando..."; in effetti, questa storia, si è scritta con una facilità incredibile, io, normalmente, ho difficoltà ad esprimermi e mi dilungo troppo nei concetti, facendo così, perdere l'interesse, a chi mi sta ascoltando......
Scrivendo questo libro, tutti i ricordi e i minimi particolari, mi sono tornati facilmente alla mente, penso, e spero, di aver cercato di esprimermi al meglio e di non essere stata logorroica come il mio solito.....

Segno (15)
Estate 2014; una notte, prima di partire per le vacanze, mio zio, Don Giuseppe, mi è apparso in sogno; con in volto, una espressione tra il deluso e il dispiaciuto, mi ha detto " Non sei più venuta a trovarmi......".
Questa frase, mi ha fatto venire dei sensi di colpa.....; in effetti, da quando era nato il bimbo, non ero più andata a salutarlo, nè, gli avevo dedicato molto, dei miei pensieri o preghiere,
Ho raccontato ad Adam il sogno, e mentre eravamo di ritorno dal mare, ho notato che lui, anzichè prendere la strada di casa, fa una deviazione verso il cimitero, la cosa mi ha fatto particolarmente piacere, perchè ha voluto dire, che anche in lui, c'era un desiderio di andarlo a trovare per fargli conoscere quell'angioletto, che anche per merito suo, è entrato nella nostra vita.
All'ingresso del cimitero, ho svegliato Josè, che stava dormendo, beatamente, sul suo seggiolino, " Amore......, svegliati, ti portiamo a

conoscere una persona speciale.....".

Ci siamo commossi entrambi, quando, sporgendolo, verso la parete, piena di foto di defunti, la manina di Josè, è andata a posarsi a colpo sicuro, senza esitazioni, sulla foto del prete, ed il suono di un bacino, è esploso dalle sue piccole labbra........, normalmente, è un bimbo, molto sulle sue, che non si lascia andare, a manifestazioni d'affetto, se non glielo si chiede, o se non conosce bene, chi gli sta davanti; ma per come lo conosciamo, guardando la sua espressione....., ci ha dato l'impressione.......che non era la prima volta, che vedeva quel volto.

Segno (16)
Recentemente, è capitato quest'ultimo fatto, forse uno dei più belli.....
Era notte, e stavamo dormendo tutti e tre, nel lettone, ad un certo punto, il bambino si sveglia, e sollevandosi in ginocchio, chiama ripetutamente " Mamma..mamma.."; sino a qui, nulla di anomalo, se non per il fatto, che non piangeva e non era rivolto verso di me, come fa sempre, per essere consolato o per attaccarsi al seno.....
Il suo sguardo, era fisso sul fondo della stanza semi buia, e la sua manina, indicava un punto preciso...." Mamma, mamma..." continuando ad indicare quel punto.
Nonostante prima Adam, e poi io, lo chiamassimo, per farlo girare verso di me...., " Amore..., mamma è qui...., Josè girati, è qui mamma..", lui, con un tono e una espressione, che non facevano trapelare paura o smarrimento, ma forse, stupore e meraviglia, continuava ad indicare un angolo, al fondo della stanza..., " Mamma, mamma ".
Adam, sorridendo, si rivolge a me " Il nostro cucciolo ha visto la Madonnina ", e a differenza mia, che non ho mai avuto sue visioni, compiaciuto, ma per nulla sorpreso, si è rimesso a dormire.
Io tengo un'immagine della Madonna, vestita di bianco, sul comò, fin da quando Josè è stato in grado di capire, gliel'ho sempre nominata affettuosamente " Mammina del cielo ", e ogni sera lui le dà il bacino della buonanotte.
L'indomani, al suo risveglio, gli ho chiesto di che colore fosse il vestito della mammina, vista la sera prima, lui, guardando un asciugamano multicolore, che c'era in bagno, mi ha indicato il colore blu.....
Non ha indicato il colore bianco, che pur c'era nell'asciugamano, che è il colore della veste, che indossa la Madonna, nel quadretto a lui familiare, nè, ha mezionato il colore del mio pigiama, che era giallo......
Sappiamo con estrema certezza, entrambi, che lui ha visto la Madre Celeste, e come nell'episodio di don Giuseppe, non ha dato segni di timore o altro....., ma un lievissimo stupore, nel vedere qualcosa che già

conosceva bene, ma che gli si è presentata in un momento a lui, inaspettato.

Segno (17)
Questa è un ulteriore conferma, che le persone che ti sono entrate nel cuore e che purtroppo non ci sono più, possono, se nello stesso cuore tu continui a mantenerle vive, mettersi in contatto con te......
Carlo, è stato il nostro esaminatore, il giorno in cui abbiamo conseguito il diploma per l'abilitazione a maestri di ballo.
Lo conoscevo solo di vista ma mi colpì sin da subito.
Stavo per rischiare di mandare tutto all'aria, nonostante mi fossi preparata bene, a causa del mio carattere troppo emotivo ma lui, con una delicatezza e una pazienza fuori dal comune, fece sì, che passassi l'esame a pieni voti.
In seguito, dopo aver fatto delle lezioni con lui, decidemmo di stringere una collaborazione, lui divenne il nostro maestro e una volta a settimana veniva nella nostra sede, per delle lezioni tecniche con alcuni dei miei allievi competitori.
Se oggi sono una discreta insegnante, lo devo a lui, con lui ho appreso che bisogna andare oltre la teoria scritta in un libro....., ho imparato che bisogna entrare nella testa dell'allievo, ragionando ed esprimendosi nel suo modo e mettendosi al suo livello con tanta umiltà e modestia.
Così facendo, alcune volte scoprire anche, che è l'allievo stesso che ha insegnato qualcosa a te.
Con la sua dolcezza, il suo essere burlone non prendendo mai troppo seriamente le cose e con le sue continue e scherzose provocazioni mi ha spinto a chiedere sempre di più a me stessa.
Mi ha insegnato a ragionare e a chiedermi sempre il perchè delle cose....
" Non fare quel passo in quel modo....perchè lo dice il libro, chiediti il perchè devi eseguirlo così, ragiona.....".
In dieci anni di collaborazione, Carlo era diventato indispensabile per la nostra scuola.
Noi, un po' per pigrizia un po' per insicurezza, l'avevamo delegato praticamente a tutto " Tanto poi, chiediamo a Carlo......, domani arriva Carlo, ci pensa lui.", queste erano le continue frasi che ci ripetevamo innanzi ad ogni problema, dalla burocrazia dell'associazione allo studio di un nuovo passo e quant'altro.
Lui era il nostro fulcro e quando poi, morì prematuramente di un tumore al fegato, nella nostra scuola ma soprattutto nei nostri cuori, calò il sipario....un vuoto tremendo.
Specialmente io, che avevo lavorato di più a stretto contatto con lui, non

avevo la minima idea di come avrei potuto fare senza la sua presenza, mi sentivo persa, come avrei fatto a seguire le coppie di livello più avanzato senza il suo supporto? Come avrei fatto ad ascoltare le musiche che a lui piacevano senza piangere?

Il giovedì, giorno in cui lui abitualmente veniva da noi, era diventato il giorno più triste della settimana, mi mancavano le sue pacche, i suoi sgambetti, le sue risate.....; perchè era proprio così, che lui era, un burlone.

Io lo osservavo mentre seguiva le coppie e con ammirazione vedevo come rendeva semplice anche la cosa più complessa, come tutti pendevano dalle sue labbra, era dolcissimo con i bambini e sminuiva e pacava tutte le tensioni delle coppie adulte.

Purtroppo o per fortuna con il passare del tempo, i ricordi sbiadiscono, la sofferenza diminuisce e pian pianino si dimentica.......

All'incirca sei mesi dopo la sua scomparsa, una sera, facendo lezione con una coppia, mi trovavo nella difficoltà di fare capire a questi, un certo passo, continuavano a confondersi con un altra figura e non c'era verso in nessun modo di farla entrare loro in testa.

Ad un certo punto, mentre mi stavo scervellando, " Ragiona..... il terzo passo della figura che devono fare termina in quella direzione, mentre, quella che continuano a fare loro termina in un'altra......, quindi? Quel terzo passo è la chiave.....".

Un brivido lungo la schiena e gli occhi che si riempiono di lacrime, mi fanno capire che è lui......, io non ci sarei mai arrivata.

Stessa situazione, in un altro momento con una coppia di ragazzi, stesso modo di iniziare la frase, ragionamento completamente diverso da quello che stavo facendo io.......

Ho raccontato questi episodi alla moglie, anche lei insegnante e pure lei, sente continuamente la presenza di suo marito nella sua scuola.

P.S. Carlo, grazie per essere entrato nella mia vita, grazie di avermi insegnato ad insegnare, grazie per i tuoi rimproveri e per tutto il resto.........

Ora però, tu te la passi meglio, perchè è più facile insegnare lassù, sono tutti più leggeri......hanno le ali.

Segno (18)....... Anche il male si presenta

Ora so bene, che come possono arrivare facilmente segni o aiuti, dal Celeste, altrettanto facilmente, altri segnali o impedimenti, arrivano dalle tenebre......

Durante la stesura del libro, il diavolo ci ha messo lo zampino, perchè questo racconto non andasse avanti.......

Ero quasi al termine, quando una notte, sotto casa, la nostra auto, di soli sette anni e appena finita di pagare, prende fuoco.

I vigili del fuoco, ci dicono, che è un rarissimo caso di autocombustione....

Passo un paio di mesi, con la rabbia in corpo, per aver visto i nostri sacrifici andare in fumo, e senza la possibilità di risarcimento, perchè avevamo tolto l'assicurazione furto e incendio, per potere risparmiare un po'; tutto questo, mi toglie la voglia e l'ispirazione per scrivere, e quindi interrompo il libro.

Una notte, una voce mi sveglia: " Il fuoco è il simbolo del male....., non fare il suo gioco, riprendi immediatamente a scrivere...."

Termino a Dicembre il libro, riesco però, a stampare solo due terzi, perchè la stampante si guasta e come se questo non bastasse, si cimisce la memoria del computer.....; quello che non avevo potuto stampare, si perde.

Altri quattro mesi di lavoro, nel poco tempo libero, che avevo a disposizione, per poter terminare il tutto.

Ora, come si può interpretare, questo episodio.......?

Un'altra casualità?

Io penso proprio di no......

Come so ora, che esiste vita in cielo, e non parlo di volatili, esiste anche vita nelle tenebre.

Dove c'è bianco, c'è nero, dove c'è Yin c'è Yang, dove c'è positivo c'è negativo; è la legge della compensazione, c'è tutto e c'è il contrario di tutto.

Il bene ed il male, sono perennemente in lotta tra loro, per potersi portare dalla propria parte più anime possibili.

Da quel 5 gennaio 2010, per quanto riguarda, la mia, di anima, era in vantaggio il male........, lui era entrato nella mia esistenza, portando dolore, e nulla era più importante, compresa la mia stessa vita,

Ma poi, per mia fortuna, a prevalso il bene..........

Ho trovato la fede, ho ritrovato me stessa, ho ritrovato finalmente mio padre, e dulcis in fundus sono diventata madre!

CONCLUSIONI..........

Questo libro, è facilmente smentibile; tutto se vuoi può essere contestato.
Le voci, erano i miei pensieri, altro che Angeli e Madonne.
Tutte le strane situazioni, semplici coincidenze.
Confusione tra sogni e realtà, nata da quel castello di suggestioni, che la mia testa aveva costruito.

Se per una volta, però, potessimo ascoltare ed osservare......
con quell'animo puro, con cui veniamo al mondo,
e che purtroppo, perdiamo crescendo.....
quando la vita, man mano, ci pone davanti a delle difficoltà, che ci portano ad inasprirci.....
togliendo dai nostri occhi, l'innocenza e la meraviglia,
dinanzi ogni cosa essi si posino, beh........, forse, potremmo vedere le cose da un'altra prospettiva.
Proviamo a pensare........,
quello che noi chiamiamo istinto o sesto senso, che a volte interviene, nei nostri primi pensieri, avvertendoci di un pericolo, o consigliandoci su qualcosa, e che noi, spesso, non ascoltiamo.....,
potrebbe invece, essere un Angelo Custode, che interviene in nostro aiuto;
io ora, sono convinta di questo.
Non c'è nessun sesto senso, ma semplicemente, qualcuno da lassù, che ci ama.
Quando i bimbi, ci dicono di avere un amico del cuore,
che noi non vediamo, e a cui diamo il nome, di amico immaginario,
perchè non credergli........
perchè non proviamo a pensare, che forse, loro,
grazie alla purezza d'animo, riescono a vedere il loro angioletto,
o qualche altro essere Celeste.....
Per noi adulti, è più semplice pensare, che sia solo una loro fervida immaginazione.
Abbandonando l'età dell'innocenza, gradatamente,
si va a sostituire la voce del cuore, con la razionalità........
questo ci rende, in un certo senso, più ciechi e cinici, verso tutto ciò che ci circonda.
Questo libro, è stato scritto....
dopo aver imparato ad ascoltare il mio cuore,
mettendo in ombra il San Tommaso che era in me,
dando luce, e finalmente, la giusta importanza, a tutte quelle sensazioni

e voci, che ora so, da dove esse realmente provengano.
Caro amico mio,
penso proprio che ora, io possa permettermi questa confidenza, nei tuoi confronti;
se sei arrivato a leggermi fino a qui,
questo vuol dire, che ora tu, sai quasi tutto di me.
Mentre scrivevo questo libro, se mi fossi soffermata a pensare
che l'avrebbe letto, un perfetto estraneo,
non sarei riuscita ad aprirmi,
in modo così sincero e profondo.
Ti ho sempre immaginato, come un amico, a cui stavo raccontando la mia vita.
Quindi, da tale, permettimi di chiederti,
dal profondo del mio cuore.......

CREDIMI   e   CREDI

e se posso aggiungere, **PERDONA** te stesso, e tutto o tutti quelli, che in te, hanno portato astio e rancore, dolore e delusione, e vedrai, ne sono certa, che anche tu.............

PER DONO.......

riceverai quello che più desideri.
Da questa mia esperienza, ho capito, che il dolore che uno porta dentro, non lo si deve rinnegare, ma, affrontare e per assurdo, accettare.
Non chiederti perchè è capitato a te,
non vivere continuando a colpevolizzare chi te lo ha portato,
ma soprattutto, non colpevolizzare te stesso, semplicemente accettalo.
Quel dolore sarà la tua croce.
Con il passare del tempo, farà meno male, ma sarà sempre con te.
Più la croce sarà pesante.....,
più tu, sarai vicino a Dio.

DEDICHE E RINGRAZIAMENTI

A mio marito

A te.., amore mio, ho dato la cosa più rara e preziosa che si possa
donare *in amore.*
Spèro che tu, la custodisca nel tuo cuore,
ricordando però, che è più unica che rara e che una volta persa,
non può essere più donata.
Al tuo fianco, hai una nuova donna, che ha trovato la fede, e con essa...,
una forza interiore mai avuta prima.
Per te, forse, questo sarà più difficile da gestire, ma so.....
che tu sei felice di questo mio cambiamento.
Anche in te, c'è un nuovo uomo,
un uomo che finalmente ha capito,
quali sono le cose più importanti nella vita e per cui valga la pena
lottare.
Ci siamo ripresi per mano, ed insieme andremo avanti,
in quel che resta della nostra vita, consapevoli,
che sarà illuminata dalla luce di Dio serena e piena di amore.

A mio figlio

*Tesoro mio, tu sei la cosa più bella, che io e tuo padre, abbiamo fatto in
tutta la nostra vita.
Tutti i bimbi sono un dono di Dio
ma tu, amore mio, sei stato un dono, che la Madonna ha voluto farci.
E per questo..., sei un bambino speciale
Porti il suo nome, e spero, che di questo, tu possa esserne sempre
orgoglioso.
Tu, prima di tutto, sei figlio suo
e comunque, non sei di nostra proprietà; noi siamo semplicemente l'arco
che lancia la freccia, quale tu sei, in direzione della luce di Dio.
Cercando di poter fare al meglio, il nostro lavoro di educatori...
insegnandoti, la differenza tra giusto e sbagliato,
sperando, che tu non ti faccia influenzare, da venti contrari e negativi
che possano deviare il tuo percorso, da noi scelto, che porta solo verso
amore e felicità.
C'è una storia, che narra di un uomo, che stava passando un brutto
periodo.
Stava camminando su una spiaggia
e arrabbiato, rimproverava il Signore, perchè non gli era stato vicino
" tu dici, che sei sempre al nostro fianco, sostenendoci nei momenti più
tristi e difficili, ma dove eri, quando io ho avuto bisogno di te....? "
Dio, gli rispose....
" se ti volti indietro, vedrai che nella sabbia, ci sono quattro orme,
le mie e le tue....."
" ma quando io mi sono voltato, per chiederti aiuto
di orme ne ho viste solo due...."
" è vero, ma quelle erano le mie...... e tu eri sulle mie spalle."
Questo bellissimo racconto, è solo per ricordarti,
che qualunque strada tu prenda, non sarai mai solo.........
Lui, camminerà sempre al tuo fianco, silenzioso ed invisibile,
e se necessario, ti porterà in spalle, come ha fatto con me,
quando ne ho avuto bisogno.*

A Silvia

A te, cara Silvia, un grazie dal profondo del mio cuore
per avermi curato, nel fisico e nella mente; ma soprattutto per avermi
aiutato a tirar fuori, quei sassolini che mi opprimevano.
Tu sei riuscita, a guarirmi da dei problemi, che nè i medici, nè la
psicologa,
erano stati in grado di risolvere.
La cosa che più mi è rimasta impressa di te,
sono le tue carezze, che dolcemente mi consolavano, quando
soffrivo, mentre cercavo di buttar fuori, quello che di brutto c'era in me.
Non è stato casuale conoscerti a Medugorje, ora lo so;
faceva tutto parte, del disegno stabilito per me, dalla Madre Celeste.
Sei una persona meravigliosa, e a te, è stato dato il dono, di poter
aiutare le persone che soffrono.
Continua nel tuo lavoro, con la dedizione e la fede, che ti appartengono,
......e sappi, che talvolta,
non sei tu a non riuscire nell'intento di curare qualcuno,
ma sono i pazienti, che spesso, per scetticismo, non te lo permettono.

T.V.B.

Un GRAZIE, a San Domenico Savio, a Santa Gianna Beretta Molla e a Don Giuseppe.
A loro, ho rivolto tante delle mie preghiere.

Ma il GRAZIE più speciale di tutti, è a te....Madre.

Ho pregato con te.
Ho pianto con te.
Ho anche dubitato di te, ma tu subito mi hai sostenuta
quando la mia fede ha vacillato.
Sei tu, l'arteficie di tutto questo, e io cercherò di non deluderti mai.

Se da tutta questa mia avventura ne è uscito un libro è merito anche di.............

Annalisa, a cui ho raccontato brevemente la mia storia dicendole che avrei voluto raccoglierla in un diario personale, da donare più in là nel tempo, a Josè, lei ha esordito " Sarebbe un peccato tenerlo personale, qua c'è abbastanza materiale da farne un libro da condividere con gli altri.....".
Così dicendo, mi ha messo la pulce nell'orecchio.......
Silvia, che leggendo le prime pagine mi ha spronato a proseguire......
Antonio, che è accorso in mio soccorso, ogni qualvolta il pc o la stampante andavano in tilt........
Lucia, insegnante elementare, mia allieva e amica, che gentilmente si è prestata a leggere il testo, correggendo le cose più gravi (verbi strampalati ed eccessive punteggiature), senza violare in alcun modo i miei concetti e la mia personalità.
Meravigliosa e toccante è stata una lettera che mi ha dato quando mi ha riconsegnato il testo.
Per me è stata come una recensione, aggingerei molto lusinghiera da parte sua, mi ha emozionato, perchè quello che lei ha provato leggendo è esattamente quello che io ho cercato di trasmettere scrivendo.
L'Arcangelo Gabriele è quello che più mi ha aiutato, protettore degli scrittori, da tale io mi sono sempre rivolta, prima di sedermi a scrivere " Aiutami a mettere su carta, in modo sapiente, quello che ho nella testa, aiutami a trovare un editore a cui possa interessare questo genere di lettura, fa sì che possa venderne molte copie, cosicchè poter contribuire per quello che posso, alla costruzione dell'ospedale di Medugorje, iniziata e portata faticosamente avanti grazie anche alle offerte di alcuni fedeli.
E importantissimo creare una struttura ospedaliera, affinchè si possa dare finalmente la possibilità a chi non sta bene, di poter venire a Medugorje.
Carlo, mi aveva confidato, pochi mesi prima di morire, il suo forte desiderio di fare un pellegrinaggio in quel luogo ma, essendo in condizioni ormai critiche e sotto morfina, non era materialmente possibile per lui, affrontare quel viaggio e la successiva permanenza; in caso di urgenza, non ci sarebbe stato un supporto medico pronto ad intervenire, quindi amareggiato e sconsolato, aveva abbandonato l'idea.
Questo ospedale darebbe la possibilità a tutti, di esaudire anche l'ultimo desiderio.

www.ingramcontent.com/pod-product-compliance
Lightning Source LLC
LaVergne TN
LVHW091548170726
843492LV00007B/2103